春 陽 文 庫

乱世玉響《らんせいたまゆら》

——蓮如と女たち——

皆川博子

目次

乱世玉響《らんせいたまゆら》

——蓮如と女たち——

一之章　湖賊の娘

一

汀に腰をおろし、祖母は丹念に乙女の髪を梳《す》く。

痛い。顔をしかめ、逃れようとする乙女を、祖母はつかんで引きもどし、鳰《にお》の巣のようじゃ、とつぶやきながら、櫛《くし》を持った手に力をこめた。

湖上をわたる冬の風が、サイカチの木を植えた土塁や波除けの石を越えて、吹きつける。

足音にふりむくと、母が背後の苫屋《とまや》から出てきたところだ。歩み寄って、祖母の手から櫛をとり、母は、かわって梳きはじめた。

母の軀《からだ》のぬくもりが背につたわるのを、こそばゆく感じる。

茫洋《ぼうよう》とひろがる琵琶湖は、堅田《かただ》のあたりでひきしぼったようにくびれ、波頭は、咲き乱れる白木綿《しらゆう》の花となって対岸まで連なりゆらぐ。

堅田の関の北、果てしない水の、行き着く涯《はたて》はあると聞かされても、乙女には想像がつかない。数えで七つの乙女は、岸近くで漁る舟にのることはあっても、湖北に漕ぎ出してゆく堅田衆の船に同船することは許されていなかった。

湖北は恐ろしいところだと、男たちは言う。水深く、波荒く、水神の怒りに触れれば、舟はたちまちくつがえり、湖底にのみこまれた死者は、二度と浮かび上がることはない。いや、まれに、嵐の夜など、逆巻く波のあいまに、死者が蒼白《あお》く立ち上がり、手招くことがある、ともいわれている。

荒くれた太刀を腰にぶちこみ、弓を手に、箙《えびら》を背負い、湖上に乗り出し舳先《へさき》を北にむける男たちは、ときに、血の匂いを風に流しながら帰ってくる。武具を持つ手は、おだやかに投網《とあみ》を打ちもした。陽は対岸の三上山《みかみやま》を金色にふちどってのぼり、湖面をかがやかせ、群れ並ぶ苫屋を温め、大寺の草葺の屋根を銅板のようにきらめかせ、やがて背後の比叡《ひえい》のむこうに没する。

いま、陽は、頭上にあった。

岸に舫《もや》ったおびただしい舟が、波のうねりに身をまかせ、ゆったりと左右にかしぎ、ゆるやかな眩暈《めまい》をよぶ。

冬にしては珍しく、波穏やかな日だ。

こんな日は、沖の島の鬼上臈も、機嫌がよく、人に悪さはしないのだろうと、乙女は思う。沖の島に鬼が住みついたのは、そう遠い昔ではない。七年前、長禄三年、乙女が生まれる一年前の年のことだそうだ。

京から、御上臈が沖の島に配流《はいる》になった。御今上臈《おいまじようろう》とも今参局《いままいりのつぼね》とも呼ばれたその御方は、当代の公方さまのご寵愛深く、権勢をふるっておられた。御上臈は、公方さまより十五か六か年上で、公方さまが赤子のころより添い寝してお世話し、やがて、ご寵愛をうけるようになった。公方さまにとっては、母君をかねた側室であった。御台さまは、公方さまより四歳年下でおわす。七年前、その年二十歳の御台さまがご出産なされたおり、四十を過ぎた御今上臈は、呪詛の法をおこなって、御子を殺した。その咎《とが》により流罪となったのだけれど、配流の途中、甲良《こうら》の庄に着いたとき、公方さまの使者が追いついた。お許しがでて京に帰れるのかと喜ばれたが、使者は、死罪を申し渡した。激怒のあまり御上﨟は、女の身で武士さながら、割腹してお果てなされたが、恨みの魂魄は、湖をわたり、沖の島に、幽鬼となって棲《す》みついた。堅田のものならだれでも知っている話である。御上﨟の嘆き恨みが深い日は、湖は荒れ、舟をくつがえし、沈んだものは二度と浮かび上がらぬ。島の断崖の上に立ち、髪振り乱し呪いの声をあげる御上﨟の姿を目にしたものもいるという。

背後に並ぶ草葺の苫屋から、人々が立ちあらわれる気配に、くしけずる母の手は動きを速めた。

「それでよかろ」

祖母がいい、母は手をとめた。祖母は、乙女のみなりをしらべるように目を這わせた。粗末な葛布ではあるけれど、洗いあげてこざっぱりした布子を着せられている。母のみなりも、いつになく小綺麗なのに、乙女は気づいていた。

乙女をうながし、舟に乗り込む人々の群れに、母は加わった。祖母は残った。

男たちは今日は武装をといている。女や子供も混じり、そのなかに、乙女は、千熊《ちくま》の代赭色《たいしゃいろ》の顔を見出した。

千熊は、乙女に歩み寄り、ひとつ舟に乗ろうと誘いかけた。三つ年上の千熊は、乙女より頭ひとつぶん背が高い。偏平な顔をのせた猪首が肉付きのよい肩に埋まり、ふとい下がり眉の下の小さい目は、野のけもののようにすばしっこい。大人たちと同じようにがに股で歩くのは、揺れる舟に始終乗っているせいだろう。千熊がまつわりつくのが、乙女は少しうっとうしいのだけれど、はねつけるほど嫌いでもない。

汀に集まったのは、全人衆《まとうど》ばかりであった。堅田の惣を取り仕切る地侍は殿原《とのばら》衆とよばれ、全人衆は、漁民や農民、商人、職人などの総称である。他浦の舟を襲うとき、指揮をとるのは殿原衆である。

千熊の誘いに応じて走ろうとすると、母の手が、側におれというふうに引き止め、ゆっくりと、乙女の目にはもったいぶったと感じられる態度で、舟に乗り込んだ。

乙女が問いかければ、鳥の名、魚の名、堅田衆の由来、母はけっして知識ゆたかではないけれど、知るかぎりのことは答える。知らぬことは、本福寺の博識な僧などに、折りをみてたずね、伝えてくれもする。乙女のほうではとうに、忘れてしまったころになって、「堅田の漁師が、文には猟師と記されるいわれはの」などと言いだして、乙女をめんくらわせもした。「堅田衆は、湖上で鳥猟も行うゆえじゃ」

乙女が早くから文字に興味をもちあれこれ問うのを、母は嫌がってはいないようであった。

琵琶湖のほとりに古くから住みついた人々は、漁猟のほかに、交易と、上乗り、関銭の取り立てで、ゆたかな暮らしをたててきた。湖上をゆく船が、賊におそわれるのを防ぐために、堅田衆が上乗りとして同船するのである。襲う賊も、実は、堅田衆であることが多い。上乗りをたのむ船主は、相応な謝礼を支払うから、武力にうったえなくとも金品が手にはいる仕組みであった。

堅田の殿原衆のもう一つの特権、関務は、元弘年中に、堅田衆が足利高氏に忠節をはげんだ恩賞として与えられたもので、船が運ぶ荷の十分の一を取得する権利を認められたという。

京の内裏、花の御所、そうして荘園領主である公家がたに、諸国の荘園からはこばれるおびただしい年貢物が、琵琶湖をわたる。出羽の金、越後の漆・青苧・蠟燭、能登の鋳物・加賀の酒・瑪瑙《めのう》・加賀絹・生糸、丹後の織物・生糸、北の海に面した国々の産物の大半は、小浜や敦賀の港に集められ、陸路をたどって海津、今津、長浜などに出、湖上をわたって大津に陸揚げされる。大津から京までは、坂本の馬借《ばしゃく》がはこぶ。その一割を徴収するといっても、やすやすと従わぬ船もあるし、私的な交易船は、関銭を拒みがちで、そのときは、堅田衆の刀が血に濡れ、矢がとびかう。

これらの特権によって、堅田は富んでいた。

乙女が生まれた年、長禄四年は、京をはじめ、国々はたいへんな飢饉で、餓えて死ぬものは数知れなかった。そう、母は語る。その前年から、天候の妖変は始まっていた。田植の時期に雨が一雫もふらず、田はひびわれた。太陽が二つのぼり、妖星が月を犯した。九月、嵐が吹き荒れ、賀茂川は溢れ、河原の人々は流され溺《おぼ》れ死んだ。米の値はとめどなく高騰し、餓死者が続出し、徳政一揆が京になだれこんだ。そうして翌年もまた、春から初夏にかけて、旱魃《かんばつ》がつづき水争いの戦いが、所々で起こった。五月の末になって、待ち望んだ雨に恵まれたが、天の気まぐれか悪意か、こんどはいつまでも降りやまず、夏というのに冬の袷《あわせ》を着るありさまであった。穂をつけはじめた稲はたち腐れ、疫病が流行った。秋には嵐すさび、おびただしい蝗《いなご》が、わずかに残った稲穂を食い荒らした。暮れに寛正と改元したけれど、なんの神助もなかった。

近江も、湖水が氾濫し水田を泥沼にした。流亡する者もふえた。堅田も田は全滅したが、日頃の富の蓄積が、飢えから人々を救った。ゆたかなありがたい惣なのだ、堅田は。と、母は話をしめくくるのだった。

そのような話なら、誠実な口調で語る母が、口ごもることがある。それからもっともらしいことをいうのだけれど、嘘をつくのが下手なので、乙女にはみわけがついてしまう。母の顔色で、問うてよいことか、母に嘘をつかせる質問になるか、読めるようにもなっていた。どういうたぐいの問いが、嘘をよぶのか、そこまではまだわからない。たまたま祖母がいあわせると、祖母もまた、困惑とうしろめたさの入り混じったような顔になることも、乙女は知っている。

舟に乗り込み、どこに行くのか、母にたずねなくとも、大人たちの話は耳にはいり、行く先は湖東の金が森にある、真宗門徒道西の道場と見当はついている。

京から逃れてこられたお上人さまがおられ、報恩講がもよおされる。堅田の全人衆は舟で湖をよこぎり、二里半ほど陸路を東にとり、その講に参るのだ。

散在する蘆の茂みを縫って進む舟の群れのなかから、唱名《しょうみょう》が沸き起こる。母の手が、乙女の両手を握り、ひとつに合わさせた。

乙女は合掌を強要する母親を見上げ、さりげなく手をふりほどいた。強情な子だというふうに、母は小さい吐息をついた。

何かといえば大人たちが唱える唱名は、乙女の耳には陰鬱にきこえ、耳をふさぎたくなる。いつもは声のきこえぬところに逃げるのだが、湖上では逃れ場がなかった。

二

隣の舟にのった千熊をみると、神妙に手を合わせながら、目は、あたりをみまわしていた。乙女と目が合うと、ふざけた顔をしてみせた。

母は、正面に一段高く座したお上人に目を据え、わずかに口を動かしてはいるが、唱名の声をだしてはいない。

お上人は、恰幅のよい大男で、顎が三重にくびれ、肌の艶がよかった。

五十二になられると、まわりの大人たちの口からもれ聞いた。京東山本願寺の法主《ほっす》におわす。堅田は、惣中こぞって本願寺の門徒である。阿弥陀仏の来迎を拝むように、人々は神妙に念仏を唱えている。

去年の正月九日、堅田衆が武具をととのえ本願寺に馳せさんじたときのありさまを、乙女はおぼえている。

山門――比叡山延暦寺――の執行代の名で、牒状《ちょうじょう》が本願寺に投げ込まれた。本願寺は一向専修念仏をとなえ、念仏以外の三宝である仏・法・僧をそしる邪道をおこなっている。とりわけ、無礙光《むげこう》宗と称する一派を勝手につくって、おろかな男女、いやしい老若など身分のひくいものを相手に誤った説教をするため、それらのものが仏像や経巻を焼き捨てるなど、許しがたい不届きな行為が頻発している。このような宗派は仏敵である。ゆえに、堂衆や祇園社の犬神人《いぬじにん》をつかわし、本願寺を打ち壊す。というのが、牒状の主旨であった。乙女は小耳にはさむ大人たちの話のこむずかしい内容はわからなかったが、十数人の堅田衆が、刀や弓矢を手にあわただしく京にむかったのは知っている。本願寺警護のためであった。

襲撃はまださきのこと、話し合いで解決がつこうという本願寺がわの予想を裏切り、翌日、比叡の山法師に指揮された犬神人や大津・坂本の馬借《ばしゃく》が大挙して本願寺を襲った。坊舎は破壊され、寺内の宝物、什器は奪い去られた。急をきき、堅田門徒衆は、武装ものものしく京へ疾《はし》った。法主蓮如《れんにょ》は、堅田門徒衆にまもられ、脱出し、粟田口の定法寺に避難した。定法寺は、蓮如の長男、順如《じゅんにょ》が弟子入りしている本願寺所縁の寺であった。

襲撃のさい、順如は本願寺におり、逃げようとして、敵につかまった。それを救出した堅田衆のひとり、野干《のぎつね》と仇名される五郎太郎《ごろうたろう》は、千熊の兄である。千熊は兄からたびたび自慢話をきかされ、それを口うつしに得意顔で乙女につたえた。血にまみれ、衣はちぎれ、あるものは片腕を失い、あるものは頰をざっくり割られ、眼に矢が突立ったままのもの、はみだした腸をおさえながら戸板にのせられ担がれてくるもの、乙女の目の底にそれらが彫り込まれた。千熊の兄も、左腕の筋を断ち切られ、片手はつかいものにならなくなっていた。

男たちが他浦の船に襲撃をかけて帰港するときも血のにおいはしたが、ほとんどが返り血であり、手傷をおっても浅傷《あさで》であって、このような惨鼻な帰郷をみたことはなかった。

男たちが死をいとわず、不具を代償に護ったのは、あの人なのか。血色のよい本願寺の法主《ほっす》を、乙女は、みつめる。胸にわきたつこの感情は、憎悪だろうか、と、乙女は思う。五郎太郎に、乙女は淡い好意を持っていた。野干と仇名されるのは、身のすばしこさからきていた。顔立ちも、顎がほそく、笑うと前歯がむき出、美男というには遠い狐顔なのに、そうして、ほとんど言葉をかわしたこともないのに、乙女は、好ましく感じていたのだった。もっとも、同じ程度の好意をおぼえる男は堅田衆の中に何人もいて、そういう男たちを遠目にながめるのが、乙女は好きだった。その多くが、この初老の男のために傷を負い、あるいは死んだ。

唱名はいつ果てるともなく続いていた。息苦しくなって、乙女は身をにじり道場を抜け出した。母の目はお上人に釘付けになっていて、乙女の動きに気づかぬふうだ。

裏にまわった。

半ば葉を落とした櫟《くぬぎ》の大樹の根方に乙女は、少年をみかけた。乙女より少し年《とし》嵩《かさ》に見えた。

少年は乙女に笑いかけた。そのやわらかい、ちょっと哀しげにもみえる笑顔が気に入ったので、笑みをかえした。

念仏が、ここまでかすかに流れてくる。粗末な布子の裾からのびた少年の素足は、あかぎれが血をふいている。乙女は、首にさげた守袋の口をあけ、小さい包みをだした。湖畔に群生する蒲《がま》は、夏の初め、無数の小さい花からなる円柱状の花穂を茎のさきにつける。雌花は褐色で、黄色い雄花が上のほうにつく。雄花の花粉が血止めに役立つので、堅田の女たちは夏のうちに採り集めておく。乙女がしじゅう、むきだした腕や脛を蘆の葉のへりで切ったり、膝をすりむいたりするので、祖母が身につけさせた。蒲の穂は、油をしみこませて松明にもする。

しゃがみこんで、乙女は黄色い粉を少年の足のあかぎれにふりかけた。

「何をしておいやる」

頭上から声が降った。

女が見下ろしていた。

乙女は無言で、女に強い目をむけた。

女は去ったが、じきに戻ってきた。水をみたした手桶をもっていた。桶をかたむけ、少年の足に水をそそいだ。黄色い花粉は洗い流された。

乙女の目の隅に、近づいてくる千熊がうつった。

「どうした」

乙女をかばうように千熊は、ぐいと前にでた。

女はひざまずいて少年の足の指をぬぐいながら、

「このようなむさいものを」

尖った声をだす。

「乙女、母が、われをさがしておった」

千熊に言われ、

「やれ、ごじゃらごじゃらの念仏はやっと終わったのか」

乙女が言うと、

「罰当たりな」

女は、いっそう声をあらげた。

「血止めの蒲を、むさいというたか、こやつは。効き目をみせてやるまいか」

腰にぶちこんだ短刀を、千熊は抜き、片手で女の腕をむずと摑み、悲鳴をあげて逃げようとするのをかまわず、浅く切った。抜身をおさめ、その手で首にさげた守袋をあけ、血止めの粉をふりかける。一息の間にやってのけた。

「あ、血が……。何としょう。切りやった。切りやった。無体な狼藉者め」

女は半泣きの声になった。

「ほえるな。蘆の葉でひっかいたほどもない。たちまち、とまるわ」

千熊はどなり、少年の視線にきづくと、

「われも試すか」

女をつきはなし、歩み寄った。

そのとき、すばやく乙女の表情をうかがった。

乙女は、別のほうに目をむけていた。視野に入らず、足音もきこえぬうちから、近づくものの気配を感じた。やがて、木陰からその主が姿をみせた。

大柄な女の子であった。肩のあたりで切りそろえられた髪は青みをおびるほどつややかで、ふくよかな頬、薄墨を刷いたような太く淡い眉、切れ込みのくっきりした眦《まなじり》、くちびるは、ぽっとり厚い。

女の子にみつめられて、千熊はたじろいだ。

「わりゃあ、なんじゃい」

女の子にくってかかると、

「無礼な。下人のぶんざいで」

傷口からにじむ血を袖口で押さえながら、女が叱咤した。

「下人だと。おりゃあ、堅田の五郎太郎が弟だわやい」

「知らぬわ。堅田の誰とやらがどうした。わやくものめ」

女は気強く言い返す。

「堅田の五郎太郎を知らぬのか。昨年、山門の悪僧どもが京の本願寺を襲ったとき、お上人さまを、お助けし……」

得意げに言いつのるのを、女はさえぎった。

「ここにおわすのは、お上人さまの和子さまがたじゃわやい」

嵩《かさ》にかかったものいいに、女はなった。腕の血は止まっていた。

千熊は一瞬口ごもったが、

「それが、どうした」

女の言葉をはねつけた。

「わごりょのような下賤のものが」

「お上人さまは、堅田衆に命助けられてじゃ。助けられたものと、助けたものと、どちらが強い。本願寺のお上人さまはの、逃げてばかりじゃ。何かといえば、命からがら逃げなさる」

「わっぱ！　うぬら、そのようなことを、日頃ほざいておってか。堅田のものは、お上人さまを、そのように……」

血相かえて問い詰められ、千熊は少し後じさったが、
いなおった。

「おおさ」

「言うておるわい」

なあ、乙女。千熊は同意をもとめた。

乙女は、うなずいた。そう口にしたのは、千熊であり、乙女自身であった。他のものを盾に、よう逃げなさる。大人たちの話のはしばしから受け取る乙女の実感であった。大人たちは、非難めいたことは言わないが、最初の襲撃のさい、金銭で決着をつけようとした本願寺のやり口にたいしては、弱腰だと、憤懣をもらすものが多かった。

金で紛争のかたをつける例は多々ある。近い例では、仏光寺が、多額の金を山門におさめて、難をまぬかれた。しかし、いっぽう、日蓮宗徒のように、山門がわと一戦をまじえる覚悟で武備をかため、その勢いに山門も弾圧を取り止めたという例もある、と大人たちが歯痒そうに言い合うのを、乙女は耳にしている。

本願寺は、三千匹の一献銭《いっこんせん》、つまりは賂《まいない》を山門におさめながら、なんの効果もなかった。山門の襲撃に、定法寺に逃れた法主は、その後、金宝寺やら室町やら洛中を転々とされた。河内の久宝寺に寄寓しておられるとき、本願寺は二度目の襲撃にあい、焼亡したという。流浪の法主となられたお上人は、さらに摂津に逃れ、いまは、近江金が森の門徒の道場に寄宿しておわす。

「堅田のものは、逃げぬ」

誇らしげに、千熊は言い、

「わりゃあ、お上人さまの子か」

少年と女の子をあらためて、じろじろ見た。

「わっぱ、去《い》ね」

女がわめく。

法主の二人の子は、無言であった。

父親をあしざまに言われ、口惜しくはないのか。そう、乙女が不思議に思うほど、二人の表情はかわらない。

下賤のものがなにを言おうと気にとめないということなのだろうか。

私とて、お上人の子であるものを。

乙女の心にその言葉が、ふいと浮かんだ。

誰からも、あからさまに告げられたことはなかったのだが、乙女は、うっすら、感じていた。知っていた、と言ってもよい。

乙女がものごころつくかつかぬころ、母と祖母は、まだ子供にはわからぬと気をゆるし、話題にのせていたのかもしれぬ。いつどのような言葉で語られたと、はっきりした記憶は、乙女にはない。おそらく、母と祖母の、不用意な言葉のはしばしが、乙女にその直観をあたえたのだろう。長じてからも、何かの折に、感じた。しかし、それは、決してあからさまに確かめてはならぬことであった。口にすれば、母はうろたえ、嘘をついた。

本願寺のお上人の子。それが、どういう意味を持つのか、乙女には、まるでわからなかった。堅田衆に傷をおわせ死なせ、身ひとつは安穏に逃げまわっている男、その男が父であるということは、少しも嬉しくはない。

今日、はじめて、お上人を見た。お上人は、乙女に目もくれなかった。父と思ったのは、間違いであるかもしれぬ。

心に浮かんだ。〝私とて、お上人の子〟という言葉を、乙女は消した。

父親がいようといまいと、日々の暮らしに不如意なことはなかった。

ふいに、乙女のからだは緊張した。ただならぬ気配を、鋭敏に感じたのである。千熊と顔を見あわせた。千熊も、目に鋭い色をみなぎらせた。

ざわざわと、空気が動いた。慌ただしい足音とともに、数人の男が走り寄った。

「山門の悪僧どもが、押し寄せてくるそうな。和子たちを早う」

ひっさらうように二人を抱き、走り去る。女は後を追った。千熊と乙女は取り残された。

「合戦か」

少しわくわくしながら、乙女はささやいた。千熊が額にうっすらと汗をにじませ、酒に悪酔いしたときのように目を据えたのを見て、千熊は怯えている、と気づき、その怯えが、乙女にもつたわった。

千熊は、湖上で実戦を経験している。千熊の兄、片腕萎えた五郎太郎の姿が、乙女の目の底に一瞬浮かんで消えた。

道場にむかって、二人も走った。人々は平静だった。何も知らぬげに念仏を唱えている。お上人が立ち上がるところだ。

「これより、急な事情によって、お上人さまは、お発ちなされる。みな、心静かにお見送り申すように」

僧衣の男が告げた。

ざわめきが、さざ波のようにひろがった。

「何故じゃ」

「ご法話はこれからだというのに」

「何処へお行きある」

「鎮まれ、鎮まれ」

大声で制している僧衣の男を、

「あれは、金が森道場の門徒の頭、道西という御方だ」

千熊は指差して乙女に教えた。

乙女は、大人たちをかきわけ、母のそばに行った。

膝をわりこませて坐り、

「山門の悪僧が攻めてくるそうな。疾《と》う逃がれいで、大事ないか」

「山門？」

母よりさきに、他のものが聞き咎めた。

「まことか。だれから聞いた」

問い詰めているあいだにも、

「山門が」

「悪僧どもが」

ささやきはひろがり、

「鎮まれ！」

道西の声が一同を圧した。

「お上人さまが、お通りめさる。道をあけい」

後じさって平伏した人々の間をとおり抜け、道場の外に出てゆく後ろ姿を、乙女の目は追っていた。

側近のものに護られ法主が去ったあと、乙女は、立ち上がり、背伸びして人々の頭越しに千熊を探した。

山門の荒法師どもが攻めてくると、さっき、たしかに、耳にした。お上人は、また、逃げなさる。そうではないのか。お上人がおらぬようになれば、襲撃も沙汰止みになるのだろうか。

「千熊」

乙女は、声をあげ、

「かしましい」

母に裾をひかれた。

「乙女」

隣に座をしめた堅田の男が問いかけた。

「山門が攻めてくるというたな。戯《ざ》れ言《ごと》か」

乙女は答えなかった。そんな戯れ言を、なんのために私がいう。そのくらいの見極めが、大人のくせにつかぬのか。

「戯れ言ではあるまい」

他のものが言った。

「お上人さまが、いそぎ、お発ちなされたのは、そのためだ」

「それなら、こうしてはおられまい。我らも」

浮足立つ人々を、

「待て」

道場のものがとどめた。事情をわきまえているらしい。

「いま、騒ぎ立てても、混乱が生じるばかりだ。待て。女子供は落としてやる。

我らにまかせ、静かにしておれ」

「お上人さまが無事立ち去られるまで、騒ぐな」

そう命じて、みなを牽制しながら、武備は手早く調えられつつあった。

「このようなこともあろうかと、迎え撃つ用意は、前々からぬかりない。案じるな」

堅田のみならず、金が森、赤野井、集まっている門徒のうち、屈強なものは、一ヵ所に呼び集められ、道場のものの指令を受けて、外に走り出、散ってゆく。尋常な事態ではない、と、乙女にも感じられる。しかし、堅田の衆が大勢いるのだもの。不安はさしておぼえない。

乙女にできるのは、おとなたちを信頼して、ただ、待つことだけだ。外でなにが行われているのか、危険はどこまで迫っているのか。なにも判らぬままに時のみが過ぎる。

道場のなかの人数はふと気づくとずいぶん減っていた。男という男が防備に立ち向かったからだろう。居残っているのは、女と老人、子供ばかり、十数人となっていた。千熊の姿はない。抗戦に加わったらしい。

やがて、二、三人の男が来て、なにをぐずぐずしているのだ、といわんばかりに、早や早や立ち退けとせき立てた。

一団となって、湖岸への道を走った。途中、戦闘の喊声《かんせい》らしい声や弓弦《ゆづる》の音とおぼしい物音を耳にしたが、戦うものの姿は視野にはいらなかった。舟を舫った岸に走りついたとき、母とはぐれていた。だれかの手が強引に乙女を舟に乗せた。

三

母のむくろが運ばれてきたのは、十日あまりすぎてからであった。

堅田の回船二艘が、百人近い人々を、はこんできた。立て籠もって山門堂衆を迎え撃った金が森や堅田、赤野井などの門徒衆であった。なかに、千熊の姿もあった。

いくさは華々しい勝ちいくさであったと、男たちは口惜しげに、語る。

本願寺の門徒の根絶やしをめざす山門堂衆が、法主をむかえての金が森の報恩講を襲うであろうということは、予測がついていた。それゆえ、道々に要害をかまえ、前もって防備を固めていた。来襲の報せを受けるや、門徒らは、法主とその家族を赤野井の慶乗の道場に無事に落としたのち、積極的に討ってでた。敵は三百を越えたが、総大将、日浄房をはじめ数人をたちまち討ち果たした。

赤野井からさらに難を逃れて、粟田郡高野の禅宗の道場におわすお上人が、この勝利の報を聞かれるや、

「言語道断のことを」

と、激怒されたのだそうだ。

「山門に武力をもってさからうとは」

金が森に籠城するものは、ただちに、散れ。厳命された。

それゆえ、金が森の門徒衆を、ひとまず、堅田に案内した。

矢が背をつらぬき、胸に刀を刺し通した傷が口をあけた母のむくろをみつめる乙女の耳に、大人たちの話が、届く。

母の布子ははぎとられ、黒々と長かった髪は断ち切られてあった。かすかな腐

臭が、鼻をついた。

おおかた、流れ矢にあたり倒れているところを、山門の手先の犬神人《いぬじにん》たちが、太刀でえぐって止めをさし、衣や髪を奪い去ったのであろうと、千熊は言った。我らがひきあげる途中、木蔭に打ち捨てられてあるのを、見出した。これが夏であったなら、腐れて始末におえなかっただろう。冬のさなかでしあわせだった。千熊は、言った。

千熊は頭に血のにじんだ布を巻いていた。片鬢《かたびん》をそがれたと、笑いながら言ったが、その笑いは恐怖をふくんでいると、乙女には感じられた。

母は堅田の本福寺の裏の墓所に葬られた。念仏の声に耳をふさいで、乙女はひとりぬけだした。船着場に腰をおろし、素足を水にひたした。冷たさは、きりきりと痛烈な痛みとなって骨を嚙み、やがて足は感覚を失ってゆく。全身がこのように無感覚になるのが、死、だろうか。乙女は、思った。

あのお上人が父なのか、否か、母にたしかめておくべきであったろうか、と思った。父であれば、どんなにも、罵ってもいいのだ。そう、思えた。祖母を問い詰める気になれないのは、何故だろう。真実を知るのが怖いのか。乙女は自分の心がわからなかった。

あのお人は、逃げた。少年と女の子も、無傷で逃げた。……いまは、ふたりの名も知った。千熊の祖父にたずねると、知るかぎりのことを語ってくれたのである。

少年は、光養丸《こうようまる》、女の子は、万寿《まんじゅ》。母を同じくする、九歳と八歳、年子の兄妹だという。法主は子沢山で、前のご内室さまは十四年のあいだに男子四人、女子三人、七人のお子を産みなされ、産み疲れて他界なされた。ご内室さまの妹御を娶《めと》られ、光養丸さまを頭に、男子二人、女子五人。前のお子とあわせれば十四人の子福者だ。いま現在も、ご内室さまは八人目、前のお子から数えれば十五人目のお子をみごもっておられる。末広がりでおめでたいことだ。しんから頼もしそうに、千熊の祖父は語った。

お上人さまは、申すも恐れ多いことながら、たいそう貧しゅうておわした。それゆえ、お子は次々に、他寺に喝食《かつしき》に出された。

喝食とは、禅家で、大衆誦経の後、大衆に食事を大声で知らせる役僧をさしたが、このごろは、有髪の侍童が勤め、稚児ともよばれる。

真宗の法主のお子が、禅寺の稚児に？　乙女が不審を持つと、いたしかたないのだ、千熊の祖父は言葉をにごしたのだった。

足から腿のつけねに、腹に、胸に、凍てつく痛みが這いのぼり、無感覚な氷に化してゆく。


数日後、堅田は、不穏な情勢になった。

殿原衆のなかに、山門に加担し、門徒を追放しようとするものがあらわれたのである。門徒衆の主だった男たちは、武装して、本福寺にこもった。

殿原衆と全人衆が、対峙《たいじ》した。

本福寺の住持、法住《ほうじゆう》が、山門と和平の交渉にあたり、莫大な礼銭をおさめることによって、始末をつけた。比叡山十六谷に末寺銭三千貫文、堅田加茂神社に礼銭八十貫文、飯室不動堂に末寺銭一貫五百匁をおさめたうえ、さらに後々、比叡三院に毎年三十貫文の末寺銭を進納するという苛酷な条件で、各地に逃れた門徒が金が森に帰り住むことをゆるされた。

山門――比叡山延暦寺――と、本願寺は、奇妙な関係にあった。延暦寺は、天台宗の総本山であり、専修念仏を邪宗とみなしている。本願寺は浄土真宗の開祖・親鸞の外曽孫が、親鸞の墓所である本廟を寺院に発展させたものである。宗派、教義がまったく異なる。それにもかかわらず、本願寺は、創始以来、延暦寺に属する青蓮院を本所とし、代々、宗主は、青蓮院で得度している。山門からみれば、山門の末寺である本願寺の、末寺銭の納入は当然であり、専修念仏はまことに、不届きなことなのであった。

乙女はそのような複雑な事情は知らぬ。年が明け、都でいくさが始まったという噂も、身に関わりないもののように聞き流していた。

四

若狭下ろしの烈風と比良嵐のすさぶ如月《きさらぎ》、堅田の惣は、活気にあふれている。陽の昇らぬうちに、いさざ曳きの舟が沖に漕ぎだす。いさざは鯊《はぜ》の仲間で、二寸足らずの小魚であり、深い湖底にこびりつくように群らがっている。数十間の綱を二本つけた底引き網を湖底におろし、浚《さら》い取る。のばせば一里にもなろうという長い釣糸で流し釣りをするのも堅田の独特な漁法で、これは、湖北の菅浦の惣の漁師と始終争いの種になっている。菅浦の領域にまで、堅田の釣糸が流れているからだ。

鴨猟も、冬、さかんにおこなわれる。黐《もち》をぬった長大な太い藤蔓を、夜半、湖上に浮かべておくと、鳥は、羽が粘りついて身動きできなくなる。

陸では、荒田打ちが始まる。草生い茂るままになっている田を、鋤で耕し起こす。

男手のない乙女の家は、これまで、母が田打ちやら汀でのすなどりやら、男がわりに働いてきた。その母を欠いたが、日々食べるほどのものは、惣のものたちが取り分をわけてくれるので、なんとなく間に合っている。子守やら洗い物やら、乙女も、こまめに近所の手伝いをするから、重宝がられてもいる。

乙女の子守の仕事は、二月の末、急に増えた。山門の追及を逃れ、粟田やら野《や》州《す》やら、あちらこちらの道場を転々とされていたお上人が、本福寺の庫裏に、家族ぐるみ、移ってきたのである。

明けて十歳になった光養丸を頭に七人のお子の、一番末の小茶女《こちゃめ》は、数えで二つになるがまだ乳母の乳を飲んでおり、その上の仙菊丸《せんぎくまる》は数えの四つだけれど、満で数えれば二つと少し。ほとんど年子かせいぜい二つ違いで七人は続いており、蓮祐《れんゆう》と法名をもつご内室さまは、臨月であった。お上人が居所をさだめず逃れているあいだ、ご内室さまとお子がたは、わかれわかれに、門徒の家にかくまわれていたが、追訴の手がゆるんだとみて、本福寺の住持、法住さまが迎え入れたのであった。

堅田の殿原衆は、禅宗に帰依するものが多いが、全人衆は、本福寺の法住を中心に、本願寺に直結している。山門膝下の坂本をのぞいて、堅田門徒は、衣川、真野、雄琴など、近隣一帯に教線をのばしていた。

乳をのむときのほかは、小茶女は、乙女の背にくくりつけられていることが多くなった。光養丸と万寿、その下の阿古女《あこめ》は、学問やら習い事やらで時を過ごしているようすで、遊びに加わることはめったになかったが、仙菊丸とその二人の姉娘、あぐりと小子々《こねね》は、小茶女を背負った乙女にまつわりついた。

乙女は、しずかに写経したり箏を弾じたりしている奥の一室の気配にこころひかれた。うかがい知ることのできない、何かすばらしいことが、そこでおこなわれているような気がした。乙女と同い年の阿古女は、習い事よりは、妹たちと遊びたいらしく、抜け出しては、乙女たちのいる厨にきた。光養丸と万寿の顔をみることは少なかった。

月の末に、ご内室さまは出産した。女子であった。

赤ん坊の泣き声と小茶女の泣き騒ぐ声がいりまじり、あぐりと小子々の言い争う声、笑い声、本福寺の庫裏は、かしましさを増した。仙菊丸はものしずかな子で、姿がみえないと思うと、庭にまわり、奥の座敷からきこえる万寿の箏の音に聴きいっていたりした。

京は大乱がつづき、弥生、年号は応仁と改元された。卯月にはいると、いくさは、丹後、丹波、越前、播磨、尾張、遠江、処々に波及していった。

近江でも、京極氏と六角氏がそれぞれ東軍と西軍に与し、京の乱に加わるのみでなく、領国の属城をたがいに攻めあい、湖東から湖南は戦火に巻きこまれた。

荷を積んで琵琶湖をゆく舟足はしげくなった。

堅田の男のなかにもいくさで一稼ぎすると惣を離れるものもおり、立ち帰ったものは、兵火を浴びて炎上した都の荒廃をつたえた。

乙女の周囲は穏やかに過ぎていた。騒乱に乗じて、日ごろ不仲な坂本の衆が、堅田に攻め入るという噂がしばしば流れたが、杞憂ですんだ。

お上人は、気さくに門徒の家々をおとずれ、法義を説いて歩き、乙女が祖母と住まう苫屋にもあらわれた。

母の死を知ったお上人は手をあわせ念仏をとなえた。お上人が頭を撫でようとした手を、乙女はすばやくよけた。よく子守をしてくれると、お上人は、祖母に告げ、もったいなや、と祖母はお上人を拝んだ。

その年霜月の報恩講は、盛大におこなわれた。

奥州、北陸、山陰などの要津に商いにでる有徳《うとく》の商人たちは、おびただしい米やら酒やら大枚の銀子やら、供物を献じ、貧しいものは五文、十文、二十文と志をささげた。裕福な女房は絹小袖を被き、男は烏帽子・裃で威儀をただし、貧しいものも、せいいっぱい晴着を着け、宗祖親鸞の祖像をかかげた道場につどい、恍惚として念仏を唱和した。

お上人とご内室・蓮祐さまのお子たちがずらりと並んでいるのに、乙女は末座から目をむけていた。まだ童形《どうぎょう》ではあるが、光養丸は、おとなびた静かさで、みじろぎもせず、称名をとなえる。万寿はその後ろの列にいた。目をとじ、これも、木像のようで、ぽっとりしたくちびるのみが、わずかに言葉のかたちをつくって動いていていた。

手のなかに小石があったら……という考えがふいに心に浮かんだ。理由のわからぬ苛立ちが乙女を捉えていた。

万寿と光養丸の静謐《せいひつ》さに惹かれながら、天雷、ここに落ちよ、と、願いが胸に湧き、乙女は、両の掌を合わせるかわりに、拳をにぎりしめた。

かたわらの祖母は、一心に唱名をとなえながらも、乙女の気配に気づいたのか、骨ばった手をのばし、拳をひらかせようとした。乙女は、右の拳を、みずから開いた左の掌で、くるみ、目を閉じた。

その眼裏に、ふいに、女の顔が浮かんだ。痩せ衰えた顔に、見覚えはない。やがて、半身をあらわした。白衣の、鳩尾《みぞおち》から下は、朱《あけ》に染まっていた。恐ろしい形相であるにもかかわらず、なつかしさを、乙女はおぼえた。

眼裏の鬼上臈に、乙女は親しみと畏敬をこめた微笑を贈った。戦慄が、わずかに背をはしった。

目を開いても、つかのま幻影は残り、あいかわらず忘我の表情で念仏をとなえている人々と、瞑目したお上人に重なった。そう、思ったときは、消失していた。少し視線をそらせると、光養丸と万寿が視野を占めた。

万寿のくちびるのかたちに、乙女は不審をもった。なむあみだぶつと動いているようにはみえない。ぽっとりしたくちびるの動きから、言葉を読み取ろうと、乙女は目をこらした。

「あのとき、何を言うてであった」

乙女が万寿にそうたずねたのは、年がかわり、水がぬるみ、桃の花がほころびはじめたころであった。

「あのとき?」

「霜月の報恩講のとき」

怪訝そうな目を万寿はむけた。

年はひとつしか違わないのに、大柄なせいか、万寿ははるかに年長けているように乙女は感じる。少し威圧感さえおぼえる。

汀にしゃがみ、指先を水にひたしながら、

「報恩講のとき？」

万寿は問い返す。

「みなが念仏を唱えてあったとき、こなたは、ひとり、何か違うことをつぶやいておった」

「四月も前のこと、おぼえてはおらぬ」

背の小茶女を乙女はゆすりあげ、

「船が帰ってくる」

と、小手をかざした。

小櫓四十挺、総矢倉の関船が二艘、小櫓二十挺の小早が八艘、岸をめざし、漕ぎ進んでくる。

関銭をはらわぬ船を追撃するために船足はあたうかぎり速くなくてはならぬ。

それゆえ関船はほっそりと舳先《へさき》するどく、見るからに剽悍《ひょうかん》な姿をしている。

小早はいっそう軽快で、矢倉もなく、足隠しの半垣作りの垣立をもつだけである。防備がうすい分、動きは素早い。鈍重な荷船に、豺狼《さいろう》のごとく襲いかかる。とりかこみ、矢を射かけ、舷側を接し、相手の船に躍り乗り、白刃をふるう。

血の匂いを、はやくも、乙女はかぐ。千熊もその兄の野干の五郎太郎も、乗船している。五郎太郎は片腕の自由を失いながら、なお、湖賊に加わっている。

刃の切っ先に似た舳先を汀にむけ、矢倉の下から突き出た櫓が波を打ち、飛沫をあげ、みるみる近づく。浜に人々が集まり、迎える。

「少し傷を負った男は美しい」

乙女が言うと、万寿は、表情のわからぬ目をむけた。

そうして、

「来月、わごりょは、また忙しゅうなる」

と言った。

なぜ、と目で問う乙女に、

「また嬰児《やや》が産まれる」

万寿は、そう言って、吹きだした。

万寿が笑うさまを、乙女は、はじめて見たように思った。

「よう産みなさる」

嘲笑か快い笑いか、乙女にはわからなかった。

「美しいものを好むか」

ふいに、話を万寿はもとに戻した。

「こなたは、好かぬか」

乙女は問い返した。

乙女の視野は、おとなたちに遮られ、彼らの背と空しかみえなくなった。

五

ご内室さまが、明日にも嬰児を産みなされそうな三月上旬、

「いくさが近いぞ」

片鬢を殺がれたあとがてらりと引き攣れ、そのために左の目尻も少しつりあ

がった千熊は、告げた。

「いくさはしじゅうのこと。千熊はいくさにでるのか」

「ここが、いくさ場になる」

「堅田がいくさ場に？」

「山門が大責めをかけるという」

祖母は目を閉じ、念仏をとなえた。

堅田湖賊の近頃の行状は目にあまると、幕府に訴えるものが多くなった。ことに、京都相国寺の僧、横川が戦火に住房を焼かれ湖国に逃れようと、坂本を出て旅舟に乗った。その舟が堅田に入って湖賊に豹変したことは、幕府をひどく怒らせた。さらに、悪いことに、その後また、べつの船をおそい、奪った獲物が、折りあしく、花の御所改築の用材であった。ついに、御蔵奉行が山門衆徒に、堅田湖賊の討伐を命じた。

「山門にも堅田をひいきのものもあり、ひそかに伝えてくれた。山門が奉行所をたきつけたのだと、皆いうておる。昨年霜月の報恩講の盛大さも、山門をいたく不快にさせたそうな」

乙女がはじめて耳にした報せは、主だった堅田衆はとうに承知で護りをかためるとともに、お上人と祖像を安泰なところに移す動座の準備がひそかにすすめられていた。

三月十二日、大津の外戸に道場をひらく道覚というものが、自邸の庭にささやかではあるが祖像を安置する御堂を急造し、お上人を迎えることとし、用意が万事ととのったと、皆に知らされた。

深更、本福寺の専用の船着場に舫ってある舟に、祖像を捧げたお上人と警護の衆が乗り込んだ。お上人の家族で同行したのは光養丸ひとりで、出産をすませたばかりのご内室さまと、ほかのお子たちは近々他所に移ることにし、ひとまず残った。五挺櫓で漕ぎだす御座舟を岸にむらがって、人々は見送った。

松明の火明かりは沖までとどかず、舟はじきに闇と見分けがつかなくなった。

寂しいのか、と人に問われたら、乙女は、ほとんど憤然と、違う、と応えただろう。しかし、言葉であらわせば、やはり、寂寥としかいいようのない気分に、乙女は侵されていた。

なぜ、寂しいのか。それも、乙女には言いようがない。

父であろう人との別離。そのためではない。父というものを慕わしゅうてならぬと思ったことすらないのである。

たぶん、逃げてゆく人の姿を、初めて、目前にした。それゆえだ、と理由がのみこめたような気がした。

本願寺のお上人さまは、逃げてばかりじゃ。千熊が言ったのを乙女は聞いているし、他のものを盾によう逃げなさる、と大人たちの言葉のはしから感じてもいた。しかし、話にきいただけでは、このような寂しさは生じなかった。

あのお人は、行く先々に災いを振りまいて、逃げてゆく。寂寥に、靄立つように怒りが滲み混じり、苛立たしさに変質する。

人の群れからはなれると、そこはもう火影はなく、漆黒の闇となる。

闇がかすかに呻くように、岸辺の念仏が執拗に耳にとどく。

あれは、死の唄だ。そう、乙女は感じる。

短い布子からのびた脛に草の葉が触れる。

かたわらに人の気配がした。ぶつかってつまずく前に、乙女は、人の肌のぬくもりを感じ、

「誰？」

と声をかけた。

「乙女か」

万寿の声が応じた。万寿は、草むらに腰を下ろしているらしく、声は少し低いところから聞こえた。

「お上人さまを、お見送りせなんだのか」

言いながら、乙女は手さぐりで万寿のかたわらに足をなげだし、じきに寝そべった。

万寿の応えがないので、乙女はつづけた。

「お上人さまが、去なれたゆえ、堅田が襲われることはのうなるのやろな」

「堅田攻めは、堅田衆が、賊をはたらいたゆえであろ」

万寿の、とろりとした声が返った。乙女を咎めるふうではなく、気のない口調であった。

「それは、山門が堅田を攻める口実や。堅田の湖賊衆を攻めるのではない、門徒を攻めるのや」

万寿の手応えのないのがもどかしく、

「お上人さまがおわせば、門徒の結束が強うなる。それゆえ」

大人たちの話のなかから聞きかじったことを、乙女は、言いつのった。賛成するなり、反対するなり、万寿の考えを、はっきり伝えてほしい。万寿の心に乙女はまるで存在しないふうなのが、悲しいとも苛立たしいともつかぬもやもやしたものを、乙女にあたえる。

「湖賊衆と堅田の門徒衆は同じことであろ」

万寿の声が、笑みをふくんだように、乙女には感じられた。軽い揶揄《やゆ》を帯びているようでもあった。

「こなた、恐ろしゅうはないか」

乙女は声をひそめた。

「なにが」

いくさが、と言おうとして、乙女はふいに気が変わり、

「こなたの父御が」

と、自分でも思いがけないことを口にしていた。

「さて」

はぐらかすような声が応え、

「星が流れた」

万寿は言った。

「嘘をつきやるな。満天に、星屑ひとつ見えぬ。闇の夜や」

「天の彼処より、降るわ降るわ。流れ星の矢が」

「天も地も、黒漆で塗りつぶされ、こなたの顔も見えぬものを」

「星のおびただしゅう流れる夜に、人の顔が見えるものか。わたしの顔は星にまみれておる。わたしを見ようとすれば、目に入るのは、星ばかりやろ」

まともに相手をしてくれぬので、乙女は話題をかえた。

「山門は攻めてくるやろか」

「わごりょ、去《い》にやれ。かしましゅうてならぬ」

本気でうるさがってはいないと、乙女は直感し、

「去にとうない。こなたの側におりたい」

声に少し甘えが混じった。

「こなたは、いつ、発つ」

「どこへ」

「去ぬのであろ。どこぞ、安穏なところへ」

わたしらは残る。乙女は、つづけた。

「いくさがはじまるというて、わたしらは逃れようもない」

「お上人は」

と、万寿は、父のことを呼び、

「兄者に譲り状を書かれるおつもりなそうな」

何のことかわからず、

「譲り状とはえ?」

「本願寺の法主の職を、光養丸どのに、譲りたいとよ」

「それなら、光養丸さまが、法主に?」

「方便なそうな」

「なぜ」

「知らぬ」

大人の衆のすることはわからぬ。万寿は、言った。

「わたしらは、風に吹き散らされる」

「吹き散らされぬよう、乙女が、こなたを、結わえつけてしんぜます」

乙女は、万寿の手をさぐりあて、握った。

「乙女には堅田の衆がついておる。どこへも行きなさるな」

万寿の手は、乙女の手のなかで、つかのま、たゆたい、すいと離れた。

「その堅田衆も風や」

向き直ったのか、万寿の声が耳に近くなった。

二之章　悦楽の島

一

火を吹く流星が走った。

物音に、乙女が外にでてみたとき、横なぐりに吹きつける吹雪がことごとく炎にかわったように無数の火箭《ひや》が黒い空に飛び交い、そこここの苫屋を燃え上がらせていた。

天頂の星々は、地平の騒擾《そうじょう》は知らぬげに、静かだ。

目を低くおろせば、ひときわ太くたちのぼる火柱が視野をふさぐ。本福寺の大御堂の、檜皮葺《ひはだぶ》きの屋根が燃えているのにちがいない。

火箭は、八方から降り注ぎ、乙女は、すべての矢尻がおのれに狙いをさだめるような錯覚をおぼえ、同時に、自分とはかかわりない遠いことのような気もした。

炎に照らされ、逃げまどう人々が影のように見え、いつか、そのなかに混じって、追い立てられるように走っていた。

だれが敵ともみわけがつかず、ひたすら、走った。素足であった。

火は、おのずと、火を呼び、炎はひとつに連なり、惣全体が、燃えさかる火炎地獄と化した。

暗闇のなかでも大路小路知り尽くした道が、突然、迷路となり、燃える藪に行く手をふさがれる。

ときおり、きらめくものを、刀身と見さだめるひまもなかった。それが火を照り返すたびに、絶叫があがった。ふきあがる血しぶきが、乙女の顔を濡らし、息を詰まらせた。

「汀へ」「岸へ」指図する声は、だれなのか。その声にみちびかれ、人の群れはいつか方向をひとつにさだめ、細い流れが寄り集まって大河になるように、湖畔へと押し寄せる。黒い水の向こうに、篝火が火の粉を散らし、火箭はそちらからも射かけられ、岸辺で人々はたじろいだ。

背後には、槍刀のきらめきが迫っていた。

「舟に乗り込め」

「漕げ、漕げ、力のかぎり、漕げ。腕が折れるまで漕ぎ抜け」

「めざすは、沖の島、沖の島ぞ」

「沖の島に逃げのびよ」

「女、子供は逃げよ。男は止まれ。戦え」

「男は逃げるな。踏みとどまって戦え」

「いや、湖上にも、敵はおる。男どもが守らねば、落ちのびることは叶うまい」

「小早で女どもの舟をかこめ」

指図する声はひとかたまりの怒号となり、ほとんど聞き取れない。

数十艘の舟が、次々に舫《もや》い綱を解かれる。漕ぎだす舟にすがりつき、

「そのように一つ舟に大勢乗ってはならぬ、沈むわえ、他の舟に乗りやれ」

つきとばされ、水に落ちるものがいる。

それまで、一枚岩のように結ばれていた堅田のものが、ひび割れて砕片になるのを、乙女は視た。

櫂《かい》が水をたたき、飛沫をあげる。乙女が握った櫂を、年嵩な女の手がとりあげた。女は乙女よりよほど力もあり、たくみに櫂をあやつる。しかし何人もが、思い思いに漕ぐので、舟は容易に進まず、それに気づいて、音頭をとるものがあり、ようやく拍子が揃った。うずくまった乙女の頭の上で、軍勢の雄叫《おたけ》びを圧せんとするかのように、猛然と念仏が沸き起こった。舟は猛々しい命を持ったもののごとく、荒く揺れた。いつ、背の人々を放り出すかわからぬ野獣にまたがったも同然だと、乙女は思った。細帯の結び目を、乙女は、解いた。舟がくつがえったら、布子を脱ぎ捨て裸身になれば、沖の島まで泳ぎきれよう。沖の島の鬼上臈に、乙女は、助けてくだされと念じた。念仏となえたところで、お上人さまには、なんの力もありはせぬ。まっさきに逃げなさったお方や。衆生を救うといいながら、悲惨の底に落とすのが、念仏や。母を奪ったのが、念仏や。藁屑ほどの頼りにもなりはせぬ。お上人は腐れ藁や。仏にすがってなんとしょう。仏が敵なら、鬼の方につくほかはあるまい。攻め寄する山門も、仏法の徒や。仏と仏の戦いや。鬼は、鬼同士たたかいはせぬわ。

「鬼上臈！　鬼上臈！」

南無阿弥陀仏の大音声にまじる、おのれの声を、乙女は、聴いた。

「鬼上臈、祖母も助けてくだされ」

乙女はようやく気づいてつけ加えたが、祖母は念仏の徒であるから、よけいなことをと、あとで怒るやもしれぬ、と思った。

万寿は如何なのであろう。いま、どの舟に乗っているかしらぬが、念仏をとなえているであろうか。仏法の法主の子である万寿を、鬼上臈は、助けはすまい。わたしは捨てられた子であるゆえ、母を仏法に殺された子であるゆえ、鬼はいつくしんでくれるのであろう。沖の島の鬼よ、と乙女は声には出さず、呼ばわった。そくそくと、背筋に怯えが走った。幼いころから、仏法をあがめよと、教えこまれ、お上人と仏にたいする畏怖の念は、心の底に、消しようもなく、在った。

生まれて間もない赤子をかかえたご内室さま、光養丸をかしらに万寿、阿古女、あぐり、小子々、仙菊丸、小茶女、一月前に誕生をむかえたお初、すべて、堅田に残されていた。安穏な地にお落としすることにはなっていたのだが、大責めまでに間に合わなかった。

お上人さまがひとりさきに落ちのびたあと、千熊が腹をたてていたのを、この危急のときに、乙女は思い出していた。

我らであれば、女、子供をまず、落とす。なんじゃい。お上人は、大人の男であろうが。

乙女の祖母がかたわらにおり、そのように言わぬものや、と咎めた。

お上人さまはの、み仏や。我らにはお姿を見ることのかなわぬみ仏が、かりにお上人の姿をとりたもうたのや。

——外法《げほう》の鬼のほうが、み仏よりよほど情深いわえ。そのとき、乙女は思ったが、口には出さなかった。鬼上﨟の姿を視たことは、まだ、万寿にさえ告げてはいない。口にすれば、大切なことに傷がつく。いつか万寿にだけは語りたいが、余のものには、めったに教えぬ。

女・子供の乗り込んだ舟の群れを、堅田衆の小早が取り囲み、護っていた。船足の遅い舟には、男たちが乗り移り、かわって櫂を取った。敵の目標は、本福寺に籠った門徒衆にあり、戦意を示さぬ女たちの舟は見逃された。逆襲すれば、たちまち襲われるのはあきらかだ。小早の堅田衆は、ひたすら漕ぐ。鉄壁のうちにいるようで、乙女は、少しやすらぐ。

万寿も光養丸も、わたしと同じように荒れ騒ぐ湖上を舟にゆられ、同じ地をめざし、逃れてゆく。そのことは、乙女の心の奥処に、満足をあたえた。喜び、だったのかもしれない。恐怖と綯《な》いまざった淡いけれど深い色合いのそれを、なんと名づけるのか、乙女にはわからなかった。期待感ともいえるものであったろうか。

堅田の岸辺は火の帯でふちどられ、なお、比叡の山頂から、坂本のかたから、松明の灯であろう、炎の蛇がうねうねと幾筋も流れ下り、堅田へと集まってくるのがみえる。比叡の荒法師、坂本の馬借らが堅田を一もみに壊滅させようと四方から焼き立て、攻めたてている。

堅田衆は、星を船路のしるべにすることをこころえている。灯火はなくとも、小舟の群れは、あやまたず沖の島をめざす。

火箭をはなちつつ、敵の船団は岸に近づき、そのぶん、乙女たちの舟からは遠のいた。襲撃をうけるおそれは減じたが、波はいっそう荒れ、地のいくさに天も加わったと、乙女には思える。しかし、星はゆらぐことなく、天にあった。視野をおおってもりあがる波が、星をかくし、また、あらわした。

鬼上臈、ほどなく、乙女が島に着くほどに。

乙女は身をのりだし、声にださず、呼ばわった。

暁の前、いっとき、闇は濃さをまし、星があざやかになる。黒い島影を目前に、漕ぎ手は手を止めた。陽の昇るのを待たねば、船着場が見えぬ。

島は、周囲およそ三里、南端に近いあたりでくびれ、瀬戸が走る。こんもりと小高い蓬萊山の山裾が波のきわまでのび、人の住めるのは、瀬戸のほとりのごく狭い平地ばかりである。およそ五百年も昔、源家の臣が来島して住み着いたというが、その血族はいまはおらず、十戸足らずの住人は堅田の支配に属していた。

空があかるみ、蓬萊山のふちが、くっきりしはじめた。

船着場には、島のものたちが集まっていた。対岸の炎に気づいたのだろう。女・子供を岸におろし、男たちはただちに漕ぎ戻ってゆく。

襲撃の対象になることをおそれ、島人は灯はともしていない。暗い中で、乙女は、人々の体臭や体温に息苦しく押し包まれた。だれの顔もみわけがつかず、ようやく落ち着いたとき、苫屋のなかで焚き火にからだをぬくめ、しぶきに濡れた布子をかわかしている自分に気づいた。

十数人が、寄り集まり、少しでも火に近づこうと押し合い、割り込み、吐息をつき、寒いと誰にともなく訴える。苫屋の主は、もてなしがゆきとどかぬのをしきりに詫びる。やがて、だれからともなく不意に焼討をかけられた恐怖をかたりはじめたのは、ずいぶん気持ちにゆとりが生じたからだろう。垂れ蓆の壁のすきまから、他の小屋の明かりが仄みえた。光養丸と万寿は、そうしてお上人のお子がたは、どの小屋にいるのだろう。乙女は思った。

朝になり、乙女は、祖母がいないことを知った。舟に乗りおくれたか、流れ矢をうけて失せたのか、たしかめるすべはなかった。

二

逃れてきて五日たった。

島の裾づたいに岩を踏み、万寿が歩いてゆく。島にきて、はじめて見かけた。乙女はあとを追った。

正確に数えれば、島の戸数は八戸である。そこに五十人ちかい女・子供が着の身着のまま逃げ込んできた。島人がたくわえてある穀物はたちまち底をつきかけた。魚や鳥を捕れば飢えはすまいという心頼みはあるけれど、堅田の様子はわからず、苛立たしい日が過ぎた。お上人さまの家族のために、苫屋のひとつがあてられ、その家の住人は、他の小屋に移った。

「どこへ行きやる」

乙女はすぐに追いついた。岩場を歩くのは万寿より巧みだ。

「あとばかり追うな」

振り向きもせず、万寿は言う。二人肩をならべるには、岩場はせますぎた。乙女の足は、万寿の踵に接する。

「狭苦しゅうて、息がつまる。わごりょ、ついてくるな」

勝手なことを言う。狭苦しくて困っているのは、もとからこの島にいる人々であろう、邪魔者は我らの方なのに。そう乙女は思ったが、息づまりそうなのは、同様だった。

「此方にゆくと、何かあるのか」

「知るか」

足がかりとなる岩はとぎれた。万寿は松や楓《かえで》が根をひろげた斜面をのぼりはじめた。道はない。小さい島には鹿や狐もおらぬのか、けものみちさえなかった。

「わごりょ、ひもじゅうはないか」

乙女は口にしかけ、お上人さまのお子は、格別な心配りを受けていよう、こちらが案じることはないのだと思い当たった。

「わごりょはひもじいか」

万寿に問い返され、

「いいや」

乙女は、口中にわいた唾を、相手にさとられぬようにのみこんだ。うすい粥が等分にふるまわれる。足りぬぶんはそれぞれに工夫して、魚や鳥をとらえたり木の実を拾ったりしてまかなっている。

大人たちは、我が身と己が子たちの口腹をみたすのに手いっぱいだった。乙女は、あてがいぶちで不足な分は、おのれの才覚で補わねばならぬのだが、一人前の漁猟は八つの女の子の手にあまる。

頭のうえで鳶《とび》が啼いた。千熊なら礫で打ち落とそうものを。千熊や五郎太郎がひどく懐かしく頼もしく思えた。早う迎えにきてたもいの。

明日は勝利の報せとともに、迎えがくるだろう。明日は。大人たちは毎日言い暮らし、乙女も明日はと思うのだが、その〈明日〉は永遠に来ないような気もした。

夜毎、沖の空は紅蓮の火に裾を染められた。堅田の方角である。焼討にあっているのだと、だれもが承知しながら、口にはだささぬ。言わねば、不吉は存在しないと信じているかのように。敵を焼き滅ぼす火と思っているかのように。

「これで五日……」

「数えて何になる」

万寿は言った。

こうして島に逼塞《ひっそく》しているうちに、何か大切なものが無駄に消えてゆくような気がする。その苛立ちを、乙女は万寿に伝えたいのだけれど、うまく言葉にあらわせず、もどかしく口ごもる。時。あるいは、いのち、と言い換えられるかもしれないものであった。しかし、乙女は、その言葉を思いつけず、黙って沖に目をあずけた。

先に続く、我がいのちの、いつが果てともしれぬ〈時〉を思えば、たった五日、何ほどのこともないのだけれど……、耐えがたい無為に、荒々しく乙女は足先で岩を蹴った。

「ちりちりと、火で焙りたてられるような心地は、わごりょは、すまいか」

笑い捨てられるかと思ったが、意外なことに、万寿は、

「する」

と、うなずいた。

「せいでか。時は短い」

そうして、続けた。

「くすんで、何しょうぞ」

「歌うまいか」

乙女が誘うと、万寿は、頭の上にのびた松の小枝を折りとり、岩をうちたたいて拍子をとった。

　いよいよ、蜻蛉よ、堅塩参らんさていたれ。

　働かで、簾篠のさきに尾より合わせて
　かいつけて、遊ばん。

万寿がきげんよく拍子をとるので、乙女は嬉しくなり、つづけた。

　頭にあそぶは文《ぶん》の鳥、沖の浪をこそ数にかけ、数とすれ、や、や、
　浜の真砂は数しらず、や、蓮の願いは満ちぬらむ。

「頭に遊ぶは頭虱《こうじらみ》」

万寿が、あとをつづけた。乙女の知らぬ戯《ざ》れ歌であった。

「項《うなじ》の窪をぞ極めて食う。櫛の歯より天降る、麻笥《おごけ》の蓋にて命《めい》終わる」

はじめて聞く滑稽な歌詞に、乙女は、吹きだした。

「虱は、盆の窪を好むのか。知らなんだの」

万寿は頬をゆるめもせず、

「わごりょ思えば、美濃の津よりきたものを、おれふりごとは、こりゃなにごと」

応えをうながすように、目をむけられ、乙女が詰まると、万寿はひとりで先をつづけた。

「何をおっしゃるぞ、せわせわと、上の空よのう。此方も覚悟もうした」

男と女のいささか品のない睦言《むつごと》の歌と、乙女は、察しがつき、くすくすしのび笑う。

万寿はさらに、

「橋の下なる目々《めめ》雑魚《じゃこ》だにも、独りは寝じと上りくだる」

と歌う。

乙女は、気をゆるし、堅田の男たちからききおぼえた歌を、声はりあげた。

上様に人の打ち被《かず》く、練貫酒《ねりぬきざけ》の仕業かや。

彼方よろり、此方よろよろよろよろ

腰の立たぬは、あの人のゆえよのう。

よろり、よろよろと、足元をふらつかせ、よろめいて、肩をぶつけた。万寿はすいとよけた。冷静な横顔だった。

乙女を浮き立たせておいて、ひとりしらじらとしている。あやつられているような気がし、乙女は岩に腰をおろし、ひときわ猥雑な歌を、ふてたように口ずさむ。

逢う夜は人の手枕《たまくら》、来ぬ夜は己が袖枕
枕余りに床広し、寄れ枕、此方寄れ枕よ
枕さえにうとむか。

意味はおぼろだが、男と女が寄り添うて寝るとは、知っていた。

かたわらに、万寿が膝を立ててすわった。乙女は少しつんとしていたが、じきに笑顔をかわした。

「光養丸さまは？」

話の接穂がなく、思いついたことをとうとつに口にすると、

「経を書き写しておりゃる」

万寿は言った。

「このようなときに写経かいのう」

「このようなときなればこそ、であろ」

「経文字を写さば極楽往生とや」

そう言ったとき、鬼上﨟の気配を、背に感じた。鬼上﨟は、『極楽』が嫌いなのであろ。

「鬼になってしもうたら、地獄ほど住みよいところはなかろうの」

「鬼になりたいとや」

聞き返され、乙女は返答につまった。なりたくはない。しかし、極楽も仏も、さまで望ましいとは思えぬ。血なまぐさい現し世から目をそむけ、知らぬ顔で、蓮の台《うてな》に安らいでおる極楽など。何もないのが、なにより好ましい。極楽もいらぬ。地獄は論のほか。

湖水わたる風に身をあずけ、万寿と浮かれ歌をうたい、この一刻の酔心地の他に、何望もうぞ。腹がくちければ、申し分ないのだけれど。みたされぬ胃の腑が、しくりと痛んだ。

身のうちに棲みついた飢えた鬼が、苛立たしく駆けめぐっている。胃の腑の飢えではない。何に飢えているのか、それすらさだかではない。どうすればみたされるのか、乙女にはわかりようもなかった。激しい力が猛りたち、おらび声となった。万寿は、ちょっと驚いたように目を投げたが、すぐに湖上に目をあずけた。

「いま一度、うたうまいか」

乙女がようやく声をしずめて言うと、万寿は、乙女をみた。無言であった。哀れみだろうか、万寿の目にあるのは。乙女は思い、なぜ哀れまれるのかわからぬままに、胸の鬱屈が歌になった。

逢う夜は人の手枕、来ぬ夜は己が袖枕

枕余りに床広し、

「寄れ枕、此方寄れ枕よ……」呟きになった。

暁闇に血のにおいを流し、堅田の舟が、ぞくぞくと到着した。敗残の男たちをのせた舟であった。

見さいな。見さいな。

おさない子らが囃す。

男も女も踊り狂う。敗北の悲惨を忘れようとて、手をたたきならし、足を踏み轟かし、踊るさまは、まるで、勝ちいくさを祝うかのようだ。

命またけく朝の陽を浴びられたことをことほいでいるのかもしれない。

女や子供五十人あまりを受け入れただけで、島のわずかな平地は、空処が無くなっていた。そこに、さらに逃れこんできたのは、矢傷、刀傷、髪みだれ、血臭をたちのぼらせる百余人の集団であった。傷の重いものは小屋にはこばれ手当をうけたが、昂《たかぶ》りさめぬ、浅手のもの無傷のものたちは、酒をもとめ、島にあるだけの酒を呑み尽くした。

酒のにおい、血のにおいに、糞尿の悪臭までまじった。

乙女は、狂騒に溶けいれず、眺めている。

ふだんは分別顔の大人たちが、乱れ狂うさまは、おぞましい。

狂瀾としらじらしさの境界に佇んでいると感じる。ほんの少し、足ふみだせばそのなかに飛び込み、我を忘れてしまいそうでもある。ご内室さまの一家は、姿をみせない。騒擾をさけて、小屋にこもっているのか。

子供らは、やがて、囃子をやめた。荒んだ気配を、感じとったのであろう。

男らは、手近な女を背後の山の木立に引き入れた。

乙女も腕をつかまれた。

曙光が異臭をはなつ男の顔を明らかにした。ぎらつく眼と髭におおわれたこけた頬、わずかな間に、容赦ない無類じみた風貌に一変した千熊が、いた。

抗う乙女を抱きすくめ、押し倒した。乙女の叫び声は、風と、そこここにおこる悦楽の声にまぎれた。

嬉しいのだ。そう、千熊はささやいた。わめいたのかもしれない。髭が、乙女の胸を荒くこすった。死ななんだ。千熊は、言った。しかし、明日はこの世にあらぬやもしれぬ。生あるは、今日をかぎりと覚悟せ。諭すようにいうとき、押さえつけている千熊の力が、少しゆるんだ。そのすきに身をにじらせた。千熊の腕にふたたび力がこもったが、乙女はすでに上半身の自由を得ていた。半身を起こし、千熊の髪をつかみ、ねじりあげた。千熊の顔は股間から離れず、根に血をにじませた髪が乙女の手にあった。膝で、千熊の顎を蹴りあげ、ようやく、這い逃れた。待ちうけていたように、別の男の手が乙女を抱きこんだ。懐かしい頼もしい味方のはずの男たちが、今、〈敵〉であった。男たちは、みさかいなくなっていた。死物狂いで抗い、乙女が逃れえたのは、なりは年のわりに大きくませたからだつきであっても、まだ、子供であることに、相手がようやく思いいたったのか。まことの敵であれば、ようしゃなく蹂躙しただろう。

男と女が抱き合うかたわらで、父親が子をあやし、老母を若者がいたわっていた。わずかな空き地に、ひしめきあいながら、なごやかに交歓する家族やら夫婦やら野合する男女やら、さまざまな姿が、朝の光に、くまなく輪郭をあらわし、その間をぬって歩く乙女の眼にうつった。媾合の声を、闇の深みからわきあがるもののように、乙女は聞いた。

寒い、と、乙女は我が身を抱きすくめた。母が死んだとき、そうして祖母にはぐれたと知ったとき、感じて当然な孤独感を、このときまで、ふりのけていた。それにとらわれたら、辛くてならぬと、無意識に自衛していたのかもしれぬ。いま、ほとんど無防備な乙女に、寂寥感は、容赦なく爪をたてた。

乙女は、万寿のいる小屋によろめき入った。

小屋のなかは、外の狂瀾を知らぬげに静謐《せいひつ》であった。

土間の火をかこんで、ご内室の如了は赤子に乳をふくませ、小茶女、仙菊丸、小子々、あぐり、阿古女、蓆《むしろ》によこたわって眠り、万寿と光養丸が、めざめていた。光養丸は端座して瞑目し、万寿は少し膝をくずして、火に目を投げていた。如了の胸乳は、ほの白い生きもののように盛り上がり、赤子はくわえて乳首をぐいぐいひき、小さい手が胸乳を押していた。犬か猫の家族のなかにまぎれこんだような気が、乙女は、束の間、した。

三

腐臭が、島に濃くなった。

傷が膿みただれても、おのずと癒える力をもたぬものは、生きながらおのれの肉が腐乱してゆくのを、手をつかねて見るほかはない。他のものは、目の前で、生き腐れるものたちを、視野にいれながら、気づかぬふうをする。いのちのある男と女は、木蔭岩蔭で、悦楽のときをもつ。それらはすべて、乙女の目にうつった。耳には、死にすり寄られる呻きと肉の愉悦の声が綯《な》いまざって聞こえた。

死者は、湖中に捨てられた。密生した樹木と岩からなる小島には、葬るべき寸余の空地もなかったし、

「穴をほるより、舟を漕ぎだすほうがたやすかろうな、余分なはたらきはしとうないのであろな」

死者を積み、漕ぎだす小舟に目を投げ、乙女はうしろにいる万寿に話しかけた。

「こざかしいことを言う」

背後から返った声は、男のものであった。

ふりむくと、万寿はいつのまにか立ち去っており、かわりに、五郎太郎が腕組みしていた。

万寿は巧みに身の気配を消すのだな、と思いながら、左腕をだらりと下げた五郎太郎に目をむける。

「われは、よう、死ななんだの」

憎ていな言葉が、口をついた。

「そのような、不自由な身で、どのようにして、敵の刃を逃れた」

訴えたい言葉はほかにあった。

千熊の目がうるさくまつわりついて、難儀や。

そう、甘えたかったのかもしれない。

千熊の目はうるさいが、何かしら、乙女の身のうちをゆさぶりたてる。ゆさぶられわきたつものを、五郎太郎にぶつけたくなる。狐顔の五郎太郎が、やさしい男か冷酷か、乙女は知らぬ。恋《こ》おしいと激しく思ったこともない。乙女を煽りたてる力には、行く先のみえぬ苛立たしさが含まれているのかもしれなかった。

凪は春の和みを深めた。

「腕萎《うでな》えの力をみせてやるまいか」

五郎太郎の声音が、乙女をぞっとさせた。

利腕《ききうで》をのばし、五郎太郎は乙女の腕をつかんだ。

抗《あらが》いながら、千熊に挑まれたときほどの、死物狂いの力が起きぬのを、いぶかしんだ。五郎太郎は、千熊より容赦なかった。わずかな明るみが、乙女の心にあった。好奇心もまじっていたようだ。ひきずられ、五郎太郎の踵をみつめ、乙女は歩いた。石塊《いしくれ》だらけの土と、ひびわれた五郎太郎の裸足の踵のほかに目にはいるのは、ゆきかう人の足元ばかりだ。万寿の足指が視野にうつった。すれちがってから、わたしは、好いた男に愛されにゆく。おまえは、男にまだ抱かれてはおるまい。心に言葉がうかんだ。伏せた目を、乙女は上げた。五郎太郎の布子の背は、破れ垢じみていた。五郎太郎は、駆り立てられるように、足を速め、乙女の足はなかば宙に浮いた。

…………

五郎太郎が去ってゆくときの顔を乙女は、みつめた。感情のよみとれない顔であった。

ときが経ち、しのびやかに、かたわらに坐るものの気配を、乙女は感じた。うつ伏したまま、裾の乱れを無意識になおし、

「行け」

罵った。

坐ったものは、無言であった。

「行け」

しばらくして、また言い、わずかに目をむけた。

かたわらにいるのは、光養丸であった。

どうしてわたしがここにいるのを知ったのか。万寿が告げたのか。

万寿がよく佇んでいる岩場である。他に人目をしのべる場所はないから、五郎太郎も、凌辱《りょうじょく》にここをえらんだのだろう。凌辱か、愛されたのか、乙女にはわからなかった。

五郎太郎にともなわれ歩いているとき、万寿とすれちがった。あのとき、万寿はすでに、成り行きを察し、光養丸をおもむかせたのだろうか。乙女は思った。

「見たか」

目を沖にあずけたまま、乙女は言った。

見ていたのなら、許せないはずなのに、怒りはわいてこない。心は半ば呆けていた。

「乙女は、とほうにくれている」

光養丸は言った。

「薄ら闇のなかに、ひとり、立ちすくんでいる」

「こなた、女子《おなご》のからだにふれたことはあるか」

思ってもいなかった言葉が、口からこぼれた。

それと同時に、乙女の手は、意志にかかわらぬ動きをした。光養丸の手首をにぎり、ひきよせ、ふところにみちびいた。桜の新芽のような乳首のまわりに、五郎太郎の凌辱の痕が赤い。

胸乳《むなち》の上で、光養丸の指は、一瞬力がこもった。錯覚かと思うほど短い間であった。指から力が消えた。

「仏にすがれなどと言うまいぞ。わたしは、とほうにくれておりはせぬものを」

光養丸の手を胸乳におしつけながら、乙女は、言葉があふれ出るのにまかせた。

光養丸は瞼を閉ざし、静かな表情をくずさないが、男の力がみなぎりはじめるのを、乙女は見た。

「鬼上臈」

叫びが、乙女の咽《のど》をついた。

それとともに、乙女は、光養丸におおいかぶさった。手に刃物があれば、刺しただろう。

光養丸が死人のように、みじろぎしないので、乙女はやがて、のいた。

「去ね」

歯ぎしりとともに、乙女は言った。

光養丸の心がわからなかった。

しかし、なにか大事なものをこわしたという気もした。

光養丸は、乙女の力になるつもりだったのかもしれない。だまって光養丸のかたわらに身をおいていたら、やすらぎを、もしかしたら、感じることができたのかもしれない。かすかに、そう思った。

からだのなかに空洞ができ、それが肉をむしばみ、薄い皮膚一枚で、ようやく自分が存在している、そんな感覚が、乙女をつかんだ。

光養丸は起きなおり、少し離れて坐った。乙女におどりかかるか、走り去るか、どちらかの衝動に身をまかせたいのを、渾身の力でおさえこんでいるようにみえた。

光養丸も空洞をもっているのではないか。乙女は、同じように坐り、ふたりの空洞が、共鳴しあっているような気がした。

四

島は、少しずつ秩序をつくりはじめ、それと同時に、混乱もまし、いっそう混沌としてきていた。

救援をもとめて、東岸の野州にわたるものもあり、わたってそのまま消えるものもあった。

時折、救援の糧食が、各地の門徒衆から舟で届けられた。戸ごとに分配されるが、だれの家族でもない乙女は、残り物を最後にあたえられた。

戦力をたてなおし、門徒衆の援けを借り、堅田にいすわる山門衆に襲撃をかけようと主張をするもの。とうてい叶うはずはない、徹底的に壊滅させられるばかりだ、金が森のときのように、礼銭をわたして、堅田に帰住するのをゆるしてもらうほかはない、というもの。議論はわかれ、決着がつかぬまま日がすぎていた。

乙女は、おとなたちのあいだでどのような合議がなされているのか知るすべもない。

せまい平地に隙間なくつくられた掘っ立て小屋の門にたって食を乞うては、口腹をみたす乙女は、見た目も物乞いさながらになった。一枚きりの布子は、荒布《あらめ》のように裾が裂け、垢じみた。髪を梳く櫛はない。万寿はこざっぱりした衣服をつけ、髪も乱れはない。あの騒ぎのなかを着替えまで持ち出したのだろうかと不思議だった。

万寿が、櫛を手渡そうとしたことがあった。乙女は、考える前に首をふって断っていた。万寿は、二度すすめることはしなかった。

大責めで父や兄を失ったものはいるが、いっさいの身寄りを持たぬのは、島では、乙女だけであり、その境遇を、乙女は、自分だけの特殊なしるしのように思った。それは、不愉快なしるしではなかった。自分と他のすべてとを厳然と区分する〝しるし〟を持つのは、自負となる。五郎太郎を他からきわだたせるのは、失われた左手であり、千熊のそれは目もとのひっつれた疵だ。わたしの持つしるしは、それらより、はるかにくっきりしており、万寿をきわだたせる美しさ驕慢さに似た謎めいた態度に、匹敵するだろう。そう、乙女は、思う。

五郎太郎は、成熟した女とちぎりをむすび、乙女を見向きもしなくなった。まだ子供の乙女を組み敷いたのは、負けいくさが、いっとき、己の目を狂わせたためだとでもいうように。そのかわり、ときどき、魚や鳥を乙女に投げ与えた。

ご内室さまが、いっしょに住めとおおせになったが、乙女は諾《うべな》わなかった。なぜ、承知しないのか、自分でもよくわからない。哀れまれるのが、いやだというわけでもなさそうだ、と、心のなかをのぞく。ひとつには、飢えさえしなければ、〝孤《ひと》り〟は、面白い状態であるからだ。

万寿と光養丸の日常の姿を見たくないという気持ちがあるのかもしれぬ。ご内室さまもふくめた他人とは、切り離されたところで、万寿、光養丸との関わりはもちたい。

岩場に万寿といるとき、ほとんど言葉は発しないのだが、本質的なことを語りあっているという気がする。

光養丸とふたりになることは、あれ以来なかった。しかし、光養丸は、目の隅に乙女を見ており、それは、ご内室さまのいる日常とはまったくかかわりないものなのだと、乙女は思う。

日常と非日常。乙女は、非日常にいるのが、ほんとうの自分の時間だと、言葉にはならないけれど、感じる。何もせず、ただ、空と水をながめているだけであり、何を考えているわけでもない、心の空洞をはっきり意識したり、それが、言葉にならぬものでわずかにみたされたり……そんな、時間なのであった。

五郎太郎は、どちらに属するのか、乙女は迷う。

ときによって、五郎太郎は、醜く見え、精悍にみえた。身にまとった襤褸《ぼろ》は、乙女をくつろがせる。襤褸に襤褸をかさね、そのなかから、乙女は、外を観ている。

「京にの」

ふたりだけの岩場で、万寿が言った。

「兄君がおわす」

万寿の同母の兄は、光養丸ひとりである。京の兄というのは、

「前のご内室さまのお子か」

男子四人、女子三人、と、千熊の祖父からきいたことを、乙女は思い出す。前のご内室さまは、産み疲れて他界された。今のご内室さまは、男子三人、女子六人。あわせて十六人と心にかぞえ、末広がりでおめでたいと千熊の祖父は言うてであったなあ。わたしもまじえて十七人。お上人は、雄犬だ。子を産ませ、あとは捨てなさる。

「一番上の兄君は、順如さまと申されて、御台さまの兄君であられるお人の猶子となられ、いまは、京、粟田口の定法寺におわす」

お上人の長男、順如の名も、乙女はおぼえている。

かつて、京東山の本願寺が山門に襲われたさい、順如さまは常は定法寺におわすが、そのとき、たまたま、本願寺におられた。お上人蓮如は、堅田門徒衆にまもられて定法寺に避難した。順如さまは、逃げそびれ、山門に捕まった。野干の五郎太郎が左腕の自由を失ったのは、順如さま救出のためだった。

順如と、無縁ではないという気が、乙女は、した。

「ゆうしとは、え？」

「養い子のことえ」

「なれば、御台さまとお上人さまは、縁続きであろ」

「そうよの」

「御台さまの力で、山門の襲撃をとどめることはできぬのか」

乙女は問うた。

御台さまといえば、当代公方さまの正室。御今上﨟を鬼と化さしめた御方だ。鬼よりも、ひとりの女人を鬼にしたお人のほうが、いっそう恐ろしい。乙女には、そう思える。

「できぬゆえ、襲われたのであろ」

「それほど力のない御方なのか、御台さまは」

「知らぬ」

京に行き、順如さまに、野干の五郎太郎がゆかりのものと言うたら、寺においてくだされようか。

「いくさ見物は、おもしろかろうの」

山門の衆が押し寄せ火をはなったあの恐ろしさを思い出しながら、乙女は、言った。

「いくさを見とうて京へ行きやるか」

「見とうのうても、京におれば、目にはいるであろ」

「わごりょは、京にまいったことはないのであろ」

万寿は言った。

「ない」

乙女が言うと、

「寂しいか」

万寿は脈絡のないことを言った。

京に行ったことがないのを寂しいかときいたのではないと、わかる。

少しとまどってから、

「こなたは、寂しゅうはないか」

万寿には、母御も、きょうだいもある。それでも、寂しいゆえに、ここにくるのであろう。乙女にはそう思える。わたしは、寂しい。しかし、その寂しさは、母や祖母がいないからではない。母がおり、祖母がともに暮らしていようとも、感じるにちがいない寂寥である。島でひとりになってから、それがわかった。父であるお上人から一顧もされないことが、寂しさの原因になっているか。父が裏切るものである、ということ。父が、逃げるものであること。父があたえた傷は、それだ、と、乙女は、言葉にはならないが、感じている。しかし、寂寥の原因は、父の不在ではない。

これからさきの生において、感じるであろう空虚。それを、前もって感じているのかもしれず、その空虚を、万寿もまたあらかじめ知るものであるゆえに、ふたりでいるのが好ましいのだ。そう、乙女は思いたかった。

「わたしは、このようなところで朽ちとうはない。京で、栄華の暮らしをする」

乙女の思いもかけないことを、万寿は言った。

栄耀栄華に憧れているようすなど、これまで、みじんも万寿はみせたことはなかったのである。

「華やかな暮らしがしとうてか」

「貧しいよりは、よかろ」

乙女には、栄華の暮らしがどのようなものか、まるで知識がないので、思い描くことができない。比叡の山嶺を赫《かがや》かせる落日、銀から濃藍まで複雑に色をかえる湖、月冴える夜の、青みをおびた空の不思議な黒。乙女が知る華麗は、そのような色彩であり、それは、みつめるほど、寂寥感をきわだたせる。

「くすんで、何しょうぞ。一期は夢よ。ただ狂え」

はやりの小唄の一節を、万寿はくちずさんだ。

「寂しさは、栄耀栄華で埋めらりょうかの。こなたも、やはり、寂しいか」

乙女が言うと、

「知らぬ。さはあれ、虚《うろ》は、埋めずにはおられまい」

万寿は言った。

だから心が通いあうのだと、乙女は、万寿が仲間であることを確認したような気持ちになったが、万寿は、突き放す表情をみせ、

「わごりょ、行く気があれば、伴おう」

話を唐突に前につなげた。

「行こう」

即座に、こたえたが、

「ふたりだけで？」

たしかめた。

「おそろしければ、残りやれ」

「おそろしいけれど、残るよりはよい」

「舟で東岸にわたる。草津、大津を経て京まで、およそ十二、三里か。ひとすじ道。迷うことはあるまい」

乙女は、東に目をなげ、

「こなたは、舟を漕げるのか」

万寿の手と、岸までの距離を、見くらべた。

「漕いだことはない」

「わたしの助けが欲しいか」

「行きたければ伴う」

「ひとりでは、漕げぬのであろ」

「行くか。行きとうないか」

「十二、三里といえば、三日はかかろうの。そのあいだの食べ物はなんとする」

「なんとでもなろ」

万寿は、飢えたことがないので、のどかなことを言うのだと、乙女は思った。

「こなたは、何も食べず、三日、歩けるか」

「乾飯をつくって、持参しよう」

「乾飯をつくるほど、あまった飯があれば、このようにひもじい思いはせぬ」

少し腹立たしく、乙女は、なった。

腹がたったのは、万寿が、意外な幼さをみせたことである。万寿は乙女にとって、いささか謎でありすぐれた智者であり、それが好ましかった。他愛ないことを、万寿の口からききたくない。

「舟を盗む算段しょ」

万寿は言った。

万寿がどこまで本気なのか、乙女には見当がつかぬ。

舟で岸にわたり、それから、陸路を十二、三里。たやすい旅ではない。

乾飯の用意だけでも、むずかしいし、道中、無事にすむとは思えぬ。男がどのような荒くれたふるまいにでるものか、思い知らされている。しかし、想像もつかぬ未知の京の華やぎが、乙女を誘う。その日から、〝京〟が、乙女の虚に住みついた。名のみで、実体を持たぬ〝京〟は、巨大な母衣《ほろ》のように、乙女をつつんだ。そこに行けば、襤褸をぬぎすてる気になるのではないか。

順如というお方は、母は異なれ、わたしの長兄。やさしげな、おおらかな、法《ほっ》体《たい》の人がうかぶ。目の底でつくられてゆくその顔は、少し、光養丸に似ている。乙女の寂寥をそっくり抱きとって、暖かいもので埋めてくださる。その人に身をあずけ、なにも思い煩わず、睡る。ずいぶん永いあいだ、睡るだろう。いつのころからか……たぶん、鬼上﨟が、わが身に憑いてより、睡りは、暴《あら》いものとなった。睡っていながら、猛々しく哮《ほ》えていた。

順如さまの傍らで睡る間に、疲れは、深い疵が癒えるように、消え、健やかな力が指先にまでみちるだろう。逃げる父、裏切る父は、乙女の視野から消失するだろう。

心のなかで、乙女は、順如をかたちづくった。乙女が求めるままに、順如はどこまでも巨きくなり、暖かくなり、〝京〟と順如は、ひとつに重なった。京は、順如という顔を持った。

順如お上人の傍らに行くために、乙女は、もらい集める粟飯・稗飯の一部をとりのけ、天日に干して溜めた。万寿に見せると、万寿も、少しずつ溜めている乾飯を見せた。計画は、そらごとではなくなりつつあった。

五

湖の底にいる夢をみていた。つめたい水が身のうちにしみとおり、骨が凍ってゆくのが見える。凍った骨は、なかば透明になり、霜柱のようにささくれ、自分の骨がみえるのは奇妙だ、夢だ、と気づいたとき、身震いして、乙女はめざめた。

苫屋の軒下に横たわったからだは、はげしい吹き降りに濡れそぼち、泥水にひたっていた。闇のなかで、横なぐりに雨は吹きつけてくる。夜の闇の濃さにはなれていた。しかし、肌を打ち叩く雨あしと水も空も地も樹々もひとつになっていっせいに咆え哮《たけ》る音のほか、五感に感じるものはない夜は、そう多くはない。しかも、祖母や母をはなれ、ひとり嵐のなかにいるのは、はじめてだ。恐ろしくはないが、寒い。蔀戸をたたいて、入れてくれと頼んだが、声は風雨に消された。

ふところの乾飯の包みもぐっしょり濡れている。

京へは行くなと、鬼上臈が風神雷神に命じ、嵐をおこさせたのだろうか。なぜ、お止めある。ともに京にのぼるまいか、鬼上臈さま。乾飯がふやけて飯にもどってしまった。

少し離れたところに、小さいあかりをみたように思った。

どの家かが、暖をとるために火を焚きはじめたのだろうか。引き寄せられて、行こうとしたとき、あかりが少しずつ大きくなった。

炎のゆらめきまではっきり見え、ぬくもりが感じられるほどに、火は近づいた。

手燭が、乙女の顔にさしのべられた。

「来い」五郎太郎の声を、耳もと近く聴いた。乙女の手首を強い手がつかんだ。

土間に焚き火が燃えていた。千熊と、そうして、五郎太郎がこのごろ親しんでいる女が、火の傍に寝ころんでいた。以前、本福寺の婢女《はしため》であったあかめという女だ。あかめはゆっくり身を起こし、乙女の襤褸をぬがせ、乾いた布を投げあたえた。乙女は、自分がひどく幼くなったような気がした。

ふところから落ちた濡れた包みに、あかめは目をむけた。拾おうとするのを、乙女はさえぎったが、間に合わず、包みはあかめの手にわたった。

五郎太郎は、乙女を寄る辺《よるべ》ない童女とみなすことに心を決めたもののようだ。負け戦の血の狂いは、とうに失せたのだろう。しかし、布で裸身をぬぐう乙女に、千熊がむける目は、ちがった。

千熊の執拗な視線をはねのけ、あかめが放ってよこした乾いた襤褸を、乙女はまとった。

翌朝、春嵐が去ったあとの岸に、死魚やごみ屑や木片とともに、痩せた男がうつ伏せに倒れていた。濡れて身にはりついた衣と頭蓋の形のむきだした頭からみて、乞食法師らしい。背に負った大きな布包みは、琵琶であろう。法師の右手首には、綱が巻きつけられ、六、七尺はあるその綱の一端は、船板らしいものに結びつけられていた。船で湖水をわたろうとし、難破したものであろう。

倒れたからだのまわりに、人々は突っ立ち、見下ろしている。他所者《よそもの》はめったに受け入れるものではない。どのような邪悪をはこんでくるかしれぬ。みな、そう心得ている。その上、助ければ、食べる口がふえる結果になると、ためらっているのだ。

琵琶の包みを背からとり、二、三人のものが、うつ伏せのからだを仰のかせた。顔があらわになった。眼窩におさまった眼球は、干からびた種のように小さいにちがいない。そう思われるほど、瞼は落ち窪み、糸で縫い絞ったように閉ざされていた。

「船旅には馴れておるの」

「時化《しけ》に逢うたときの術《すべ》を心得ておる」

人々が言い合う。船板を浮きに用いた機転を、言っている。

男のひとりが、心を決したように、法師を逆さに背負い、浜を走り出した。五郎太郎であった。肩にかけた法師の両足を、片腕を閂にしてささえもち、喚き声をあげて、走りまわる。

法師の口から水がほとばしった。

地に放り出し、五郎太郎は、法師の皺ばんだ腹をむきだしにする。その間に、艾《もぐさ》がととのえられていた。

臍に艾をおき、火をつける。他の男がふたり、葦の管で、法師の両耳に息を吹き込む。くぼんだ腹がひくりと動き、法師はかすかにうめいた。

荷厄介なものを背負い込んだというふうに、人々は不機嫌な目をかわしあった。

五郎太郎は、むっつりと、法師を肩に担いだ。よけいなことを、と罵るあかめを無視して、五郎太郎は苫屋にはいり、戸をとざした。

葦や竹を編み土で塗りこめた壁の隙間に、乙女は目をおしあてた。

朝の陽射しが縞模様をつくる土間に、五郎太郎は法師を横たえ、当惑したように見下ろしていた。

六

五郎太郎の苫屋の軒下で、乙女は、陽射しを浴びている。傍らに乞食法師がつくねんと背をまるめている。

溺死しかけた法師がよみがえって数日経つ。法師の旺盛な食欲が、あかめをおびやかしている。食べるごとに、法師は力をとりもどすふうだ。

苫屋のなかから、あかめの罵声がひびく。

あんな役立たずをなぜ助けたのだ。おまえは、阿呆だ。疫病神を背負い込んだようなものだ。わたしはあんなものの世話をするのは、ごめんだ。

乙女は、法師の手の甲に生えた剛毛が、ざわざわ動くのに目をうばわれている。

一夜水に洗われても、長い年月をかけて皺のあいだにしみこんだ垢は、落ちなかったようだ。

盲目の僧を、乙女は興味をもって眺めている。

平曲をうたい喜捨を乞う琵琶法師は、何人も堅田を徘徊していたが、これほど身近に見るのははじめてだ。死からよみがえったというのも、興味深い。少しおぞましくもある。皮膚の奥底、肉をとおして骨にまで汚れがいそうだ。乙女のなりも汚いけれど、おのれの姿はほとんど見ることがない。島で鏡をもっているのは、ご内室さまの一家だけだ。

珍しい見もののおかげで、舟を盗み、京へ上ろうという万寿との計画が、ここ数日念頭から消えていた。雨水にふやけた乾飯は、つい、食べてしまった。底無しの穴のように食う法師が加わったために、新たに乾飯をつくる余裕もなくなった。

「わしを粗末に扱えたことが京に知れたら、ずいぶん咎めを受けようぞ」

乞食法師は、嗄《しわが》れた声で、言った。乙女に顔をむけて言うので、乙女はうなずいた。

「並みの琵琶法師と思うてもらうまい」

法師は、古びた琵琶を撫でた。

「検校《けんぎょう》さまが世をしのぶ仮の姿だとでも言うつもりか。笑止よな」

あかめの嘲笑が、小屋のなかから洩れた。

話し声は、内外、筒抜けだ。法師も、あかめの耳に届くのを承知で、喋っている。

「のう、わっぱ、わごりょは、知っておるかの。われら、当道のものの祖はの、将軍家の尊い血をひく御方じゃ」

当道というのは、盲人の座の名称だと、聞いたことはある。

座は何十にも位がわかれ、最高位の検校のさらに上に立つ惣検校さまは、たいそうな威勢で、富貴のかぎりを極めているという。

「乙女、そこにおるのか。法師の戯れ言に騙されまいぞ」

あかめは声を投げた。

「まず、聞きやれ」

言いかけて、法師は、耳をすませた。次いで、乙女も人の気配に気づき、ふりむいた。

足音を立てぬ万寿が、いた。

「何の話か。聞こう」

万寿は言い、乙女の隣に腰をおろした。

「こなたは、何者じゃ」

「京の本願寺のな、蓮如お上人さまの娘御や」

乙女が言い、

「無礼な振舞いせなや」

あかめの声がまた飛んだ。

「本願寺？　そのような寺が京にあったかの」

「打ち壊されて、今は影もない」

万寿の声は、透明な風のように、乙女の耳にひびいた。

法師はちょっと身震いしたが、

「のう、聞きやれ」

話をつづけた。

「明石検校さまの名を、こなたら、知っておろうが」

乙女は知らなかったが、万寿が、

「明石の覚一検校か。百何十年も前に死んだお人や」

と、あとの言葉は乙女にむけた。

「当道に位をもうけ、それを金銭に変える、金儲けの道を考えたお人や」

無官のものを初心という、と、万寿はすらすらと続けた。

「検校、別当、勾当、座頭の四官を、さらに十六階にわかち、七十三に刻み、官位ひとつあがるごとに、たいそうな金を座に払う。一番下の座頭のその一番下を、半の打掛けという。半の打掛けの位を当道の座から買わねば、何の市と名乗ることも許されぬ。阿漕な仕組みを考えて、その頂きに坐ったのが、明石検校とよ」

「よう口がまわる」

法師は、はなじろみ、手をのばして空をまさぐった。

「ま、聞きやれ」

法師は言い、

「聞こう」万寿は応じた。「こなたは最前から、聞きやれ、聞きやれと、そればかりで、何も言わぬではないか」

「当道の祖、明石検校さまはの、将軍家の血をひく尊い御方や。平曲四絃の調べ、このお方にまさるものは、古今おらなんだ。それゆえ、ときの帝の御感《ぎょかん》のあまり、平家物語のうち、清書本ともうす雲井の書を下し賜われた」

「それがどうしやった」

「ありがたく聞かぬか」

「なかなか」

「まことにもって尊い、ありがたい御方なのじゃ、明石検校さまは」

まず、それを納得せよ、と、法師は押しつける。

「雲井の書を下し賜り、これに節をつけて、汝が門葉《もんよう》に伝うべしとの詔勅であった」

「そう、当道のものは言い伝えておるそうな」

ほとんど陽気にきこえる声で、万寿は口をはさんだ。あまりあてにならぬ話だと、声の調子で乙女に伝え、

「こなたが、並みの法師ではないとはいえ」

「それ、そのことじゃ。琵琶がの、このように絃がゆるんでおらなんだら」

法師の手が琵琶の胴を撫でる。

「玄妙な調べを聴かせようものを」

「絃は締めればよかろ」

「一夜あまり、水に揉まれたゆえ、絃が弱うなった。締めれば切れよう」

「たくみに言い逃れることや」

「憎ていな口をきく」

「これ」

小屋のなかから、あかめが咎める。

「お上人さまのお子じゃぞえ」

「お上人さまというても、我らにはかかわりない」

法師が言うのを、小面憎く思ったのか、あかめは憤然と外に踏み出てきた。五郎太郎も顔を出した。

「たいそうに言うが」

五郎太郎が、言った。

「何が玄妙じゃ。平曲ならば聞き飽いておる。何ともつまらぬ退屈なものや」

単調な語りの合間に、撥《ばち》で絃を一打ち二打ち、それが、平家物語をかたる琵琶法師の弾奏である。単純で平板な平曲が、それでも幕府が鎌倉にあったころから綿々と人気を保ってきたのは、ひとえに、平家物語の持つ哀切さが、人々の好みにあったからに他ならない。

法師は琵琶を抱えなおした。

「絃が切れねばよいが」

心もとなくつぶやき、絃をしめる法師を、

「疾《と》う、疾う、うたえ」

あかめが急《せ》きたてた。

「ええ、聞きやれ。つい先頃、越後、羽前の国境、折ヶ峠を、この身が越えたときであった」

焦らすように、法師は、話を始める。

「樹下石上に夜を明かすとも、宿りの礼に一曲を弾奏するは、座頭の作法。岩に坐し、平曲を弾じた。月は冴えて中天にかかり、満山紅葉のときであった。わしの琵琶に聞き惚れて、美しい女が姿をみせた。女は、山中に棲む竜女であった。竜女は、わしの歌をほめたたえ、さらに、わが手より琵琶をとり、秘曲をさずけてくれた上、我に逢うたることを、他人《よそびと》にな告げそ。これより、山をくずし、谷を埋めるのだが、汝のみは、助けよう。そう、語った」

法師のまわりには、いつか、物見高く、人が集まって来ていた。

「里に下り、わしは、里人に山崩れの起きることを告げた。里人は、竜のきらう鉄の杭を処々に打ち込み、害を免れたが、わしは、竜女の怒りに触れ、息絶えた」

「何と、御坊は、死人か」

恐懼《きょうく》した声が、言う。

「いや、里人がの、薬師如来に、里を救うた御坊の命助けて給べと、祈願した。薬師如来は、御嘉納あって、わしは、よみがえった。ありがたやの。しかも、竜女よりさずかりし秘曲は、わが手に残った。浄瑠璃国王の薬師《やくし》たる瑠璃光如来の御徳により、この世につたわるを得し曲なれば、浄瑠璃とこそ、名づけたれ」

法師は撥をあてた。

広言するように、たしかに、これまで聴いたことのない、哀切なしらべであった。

合いの手に一つ二つ撥を入れるだけの平曲とは異なり、法師の痩せた手は、巧みに撥をさばき、左の指は絃の上でこまやかに踊った。

詞は義経記の一節であった。乙女はいつか、ひるがえる旗指物《はたさしもの》を視、軍勢の雄《お》叫《たけ》びを聴く心地になり、敗れた若武者の哀れさに、胸つかれた。

不意に、激しい音をたて、絃がはじけ切れた。

同時に聞き惚れていた人々も呪縛の糸がゆるんだように、感嘆の吐息をついた。

乙女はまだ、琵琶の音の余韻のなかに身をおいていた。

「たくみな話をつくりあげたものよ」

声は、万寿であった。

光養丸もご内室さまも、人群れのなかにいた。光養丸はわずかに眉をひそめ、ご内室さまは、これ、と、たしなめるように、万寿の袖をひいた。

「この島のものらは知るまいが、浄瑠璃は、都ではとうに流行っておる。宇田勾当というものが、因幡堂の如来に三七日の願をかけ、晴眼となることを願うた。三七日の暁に、山の端にかかる有明の月、ありありと見え、勾当、あまりの嬉しさに、十二段の物語に節を付け、瑠璃光如来にちなみ、浄瑠璃と名づけたという。この話も、どこまでまことやは知れぬ。なれど、浄瑠璃節は、つい先ごろか、とうに、世に伝わっておる。田舎のものと侮《あなど》って、僻言《ひがごと》ばし言うな」

万寿は舌鋒するどく言いつのった。

乙女はいささか陶然と、万寿の罵りを聞いた。一方、面目を叩きつぶされた法師に同情もした。由来が嘘であれ真であれ、法師の琵琶の曲が、これまでの平曲にないおもしろいものであったこと、そうして法師の弾絃がみごとなものであったことは、紛れもなかった。

しかし、人々は、興醒めた顔で散っていった。

「嘘ではない。僻言ではない」

人影がなくなってから、法師は、乙女に訴えるように独りごちた。

「わしは里人を救い、竜女の呪詛をうけ、瑠璃光如来の御加護により、命よみがえり、竜女よりつたえられし秘曲を、浄瑠璃と名づけた。最前きかせた曲がそれじゃ。わしが何で僻言を言おうぞ」

法師にひたとみつめられると、乙女は、この人は見えているのではないかと疑わしくなる。

「のう、だれにも明かさなんだことを言おう。わしは、勾当の位を授かることになっておる。そのために大金をもって京に上ろうとして、嵐にあった。京に上れば、つてもある。京に上ればの。こなた、わしとともに、京へ行かぬか。わしは目が見えぬゆえ、杖のかわりがほしい」

「これまで、杖がわりのものなど無うて、旅をしておいやったのであろ」

「小賢しいことを言うの」

法師の手は切れた絃の端をつまんだ。

赤野井の道場から舟が来たのは数日後であった。仮屋の支度がととのったからとご内室さまとそのお子がたを、迎えにきたのである。

乳飲み子を抱きかかえたご内室さまは、光養丸を先ずまっさきに舟に乗せた。まだ歩みのおぼつかない小茶女を、赤野井の男が抱いて乗せた。万寿が仙菊丸と小子々の手をひき、あぐりと阿古女がしたがう。

舟に乗りこんだ万寿は、岸に立った乙女を手招いた。ともに乗れと誘っていた。しかし、小さい舟には、乙女の乗る余地はないし、他のだれも、乙女に乗れとは言わない。まわりの大人たちの顔を見ると、だれもが、万寿の誘いに気づかぬように見えた。気づいてもそしらぬふりをしているのか。

乙女は光養丸に目を移した。光養丸は水手と話をかわしており、視線は東の方に向けられていた。

舟が島を離れかけたとき、法師が舟べりに手をかけ、乗せて給べとわめいた。迎えの男が法師を突き飛ばし、法師は水に落ちた。浮き沈みする法師に手を貸すものはおらず、舟が遠ざかってから、法師はようやく岸に這い上がった。

罰当たりどもめ。息を切らし、水を吐きながら、法師は罵った。

「こなたは、夜、星を見て方角をみさだめることはできるか」

人のいないところで、法師は乙女にささやいた。うなずくと、

「深夜、舟を盗み、京に参ろう。独り旅は、わしは馴れておる。されど、深夜、

星を見定めることは叶わぬ。こなたの目が欲しい」

法師は言った。

「わしは、大金を、大津におる知り人に貸してある。まず、その男のもとに行き、金を返済させる。さすれば、こなたと二人、京にのぼるのはたやすいことじゃ。そうしてわしは勾当の位をさずかる。こなたに存分栄華をさせてやろう」

「京に行けば、わたしも知り人がおる」

乙女は昂然と言った。定法寺の順如を、そのとき、思い浮かべていた。

「こなたに栄華をさせてもらうにはおよばぬ。されど」

京までは、連れ立とう。そう、乙女はつづけた。

大津まで舟でわたれば、その先は路銀の心配がいらないというのは、心強い。

千熊を誘ってはどうかと、乙女は提案した。

千熊にまとわりつかれるのはうっとうしいが、舟を漕ぐのも、星によって方角をみさだめるのも、千熊のほうがすぐれている。五郎太郎であれば、さらに心丈夫だが、あかめが騒いで、ことをだいなしにするだろう。

めっそうもない、と、法師は叱りつけた。

これは、こなたとわしだけの大事だ。余のものをまじえてはならぬ。

言われてみれば、千熊が、承知するかどうか、乙女もおぼつかなくなった。他のものに告げられ、舟を盗めなくなるかもしれぬ。

「何も舟を盗むことはない。だれぞに頼み、岸まで舟を出してもらえばすむことだ」

そう、乙女は言ったが、そんな親切なものはいそうもなかった。唯一の頼みは千熊だが、その千熊も、乙女が法師とともに去るのに手を貸しはしないだろう。ともに京へ行こうといえば、協力するかもしれないが。

「何故、千熊を誘ってはならぬ？」

「わしはこなたのほかのものは信用ならぬ。屈強な男を仲間に入れれば、心強くはあるが、大津で受け取った大金を、奪われるやもしれぬ。こなたはそのようなことはすまい。櫓はわしが漕ぐ。こなたは、星を見て方角をあやまらぬようにわしに教えてくれ。大津に着けば、その先はわしが、心得ておる。京に知り人がおるというたな。伴うてやろう」

乙女は承知した。深夜、星をたよりに舟を漕ぐことに不安はほとんどなかった。海とは異なり、湖である。烈風や逆波にあわねば、方角を多少誤っても、いずれかの岸には行き着ける。

「今宵は、星がくまなく見えよう」

数日後、西空を染め上げげた夕焼けに顔をむけ、法師は乙女にささやいた。

「盲目なのに、何ゆえ空の茜が見える」

「盲目は、晴眼のものより、空の色はよう見える。寝入るな。夜更けてより、浜に忍び出て来やれ。待っておる」

「乾飯の用意が、まだととのわぬ」

「大事ない。大津に着けば知り人がおると言うたであろう」

そう言って、法師は手をのばし、乙女に触れようとした。乙女は後退《あとじ》さった。

蘆を編んだ壁の隙間から差す月光が、寝くたれた五郎太郎やあかめ、千熊のからだに縞模様をつくる。乙女は息をころして起き上がり、外に出た。

中天の月は冴え、乙女はおのれの手足が銀色にふちどられるのを見た。

足音を聞き分けたのだろう、岸の蘆の茂みから、法師が痩せた顔をのぞかせ、手招いた。

骨ばった手をのばし、乙女の手をさぐる。

「どの舟に乗る」

「これ、わしを舟のもとに伴え」

法師は手を宙に泳がせ、乙女の手に触れると、手首を握りしめた。

ふたりで舟を水中に押し出し、

「乗れ」

法師は命じた。櫓は、法師が操った。

「星を見定めよ。舳先はまさしゅう南にむいておるか。大津のかたをめざしておるか。こなたの目が頼りじゃ。北の一つ星をひたとみつめておれよ」

眠るな、と、法師は叱咤した。そのたびに、乙女ははっと我にかえり、とろとろしかけたのがどうしてわかるのであろ、と、いぶかしんだ。

京へは、万寿とふたりでのぼるはずであった。舟も万寿と替りあって漕ぐはずだった。法師が漕いでくれるから楽ではあるけれど、物足りぬ。

えたいの知れぬ法師と行をともにしている。空の広さ、水の果てし無さに、からだが消え入るようで、根を断ち切られた草がふわふわと水に漂うような心もとなさをおぼえる。それは心細く恐ろしいのだが、恐怖はからだのなかで凝固し、力に変質するような感覚を、乙女は持った。

やがて空が明るみはじめ、岸辺が近いのを乙女は見た。

「陽が昇ったか」

法師は櫓を漕ぐ手をとめ、空を仰いだ。

「大津は近いか。もう着いてもよいころあいだが」

「大津か否かは知らね、岸は、ほんの一漕ぎ二漕ぎや」

「まさか、沖の島にもどっておりはすまいの。こうも広い湖を漕いでおるとの、知らぬうちに舟が大きゅう輪を描いておることがある。北の一つ星を見失いはせなんだであろうな」

乙女はうなずき、

「どうじゃ」

法師が声を荒げたので、身振りだけでは通じない相手だと気づいた。

「法師、櫓を漕げ。早、岸じゃ」

「近いか」

「近い」

法師は痩せ腕に力をこめた。

「人にあやしまれてはならぬ。だれぞ、気のよさそうなものに、ここは大津かどうか、たずねてきやれ」

岸に身を投げ出し、法師は荒い息をしながら命じた。

早暁、あたりに人の姿は見えない。大津の津であれば、大小の泊まり舟が繋がれていよう。侘しい村だ。まばらな苫屋が、朝餉の仕度か、細い煙をあげているのみで、賑やかな大津の津とは思われぬ。

苫屋の一つをおとなうと、老婆が顔を出した。

乙女は急に、胸苦しいような気分をおぼえた。祖母の面差しが重なったのである。

「ここは、大津よりよほど離れておろうかの」

「大津は一里ほど西やが。われは何としたことや。布子の裾が、濡れそぼっておる。舟幽霊を見るようじゃ。顔の色もようない。水に溺れて浮かばれぬかや」

「ひもじゅうてならぬ」

「そうであろ。ひもじげな面や。少し待ちやれ。ほどのう飯が炊けるほどに」

乙女はふりかえった。

「だれぞ連れがあってか」

「爺がおる」

「やれ、難儀なことやの。われが爺は物乞いか」

「琵琶法師や。なれど、琵琶は絃が切れて使えぬ」

「琵琶法師であれば、物乞いと同じことや。聞きとうもない唄を、むりに唄うて聞かせて銭やら飯やら無心しくさる」

「婆、だれと話しておる」

苫屋のなかから男の声がした。

「幼い物乞いや」

「捨てておけ。他人に合力するほど飯も銭もあまってはおらぬわ。したが、その幼い小娘ひとりか」

声の調子が微妙にかわったような気が、乙女はした。

男が立ちあらわれた。

いくぶん五郎太郎を思わせる痩身の若者であった。

男は乙女を見下ろし、吟味するように目でなでまわした。

「七郎ではないかの」

いつの間にか後ろに近寄っていた法師が、声を投げた。

「膳所《ぜぜ》の七郎であろう。こなたを尋ねるところであった」

「このところ来なんだの」

男はべつに懐かしそうでもなく言った。

「これか、商いものは」

男は、顎で乙女をさした。

法師がうなずくのを、乙女はみとめた。

とたんに、撥ね跳んでにげようとすると、腰帯をつかんで引き戻された。

つかんだ七郎の手の感触が、思いがけず快くて、乙女は、我から七郎の胸にとびこむ形になった。

「婆、縄をよこせ」

縛り上げられるあいだ、乙女は七郎を見上げていた。五郎太郎に似て、五郎太郎よりはるかに美しい男であった。

縄の一端は、柱に結ばれた。

「手荒にせな。傷がつくと値がさがる」

老婆は言った。

「どこで手にいれた」

七郎に聞かれ、

「いや、えらいめにおうた。大津にわたるつもりの舟が嵐でくつがえり、わしは運のよいことに沖の島に流れ着いた。しかし、あのようなところにいつまでおってもせんない。この女童を京に伴うてやるとたぶらかしてな、ここまで案内させた」

「膳所への道をこやつが知ってか」

「まず大津に行くというてな、標《しるし》の星のあかりを見定めさせた。膳所にゆくと言えば、京に遠うなると怪しもう。年のわりに聡《さと》いわっぱじゃ」

大津にいる知り人から貸した金を取り立てると言ったが、実は、この身を売って銭を得る算段をしたのだ。

法師と七郎のかわす話から、乙女はうっすらとわかってきた。

人買いの話はよく耳にしている。堅田の全人衆や寺の下人にも、人買いの手から手に売られてきたというものが何人もおり、幼いときにさらわれて親の顔も知らぬというものもずいぶんいた。

他人事と聞き流していたのが、わが身にかかった。

猿や犬のように縄で括《くく》らいでも、逃げはせぬものを。

「なんと、このわっぱは、いろけづいておるそうな」

老婆が、笑い声をたてた。

「七郎、見やれ。おのしに、見惚れておる」

七郎の目が、乙女に投げられた。

法師は、歯茎をむいて笑った。

乙女は坐りなおし、

「美しいものに見惚れてなにがおかしい」

法師にくってかかった。

「おれは美しいか」

七郎が言った。

「肌えに粟がたつほど美しい」

「われは、年はいくつになる」

「忘れた。こなたの望む年になる」

「十二か、三か。おれが抱くにはまだ不足だの。十五になったら抱いてやろうわい」

「いま、抱いてたもれ」

咽から出る声を、乙女は他人のもののように聞いた。からだが、歌っていた。売られたのだ、という怯えを、からだの悦びが消す。五郎太郎に組み敷かれたときは知らなかった感覚である。七郎の胸に抱きすくめられ甘えたい。そう、からだが願っている。

己の齢が幾つであったか、乙女は忘れた。沖の島に逃げてから、幾月と経ってはいない。しかしその数ヵ月に、これまでの生の、倍も年をとった。強引な力で、年をとらされた。おのれのひき歪められた姿を、乙女は、識ることなく、ただ、感じはする。

「婆、抱いてやれ。萎びた乳でもくわえさせろ」

「わたしは、とうに十五を過ぎた」

「てんごう、ぬかすな」

「沖の島の鬼上臈から、年を賜った。それゆえ、わたしは十五や」

「こう口うるさい餓鬼では、高い値はつけられぬの」

七郎は法師に向きなおって、言った。

三之章　修羅の都

一

歩く。万寿は、歩きながら、春の野草をわけて歩いている己を、視《み》る。なぜ、ひたすら歩かねばならぬのか。怒りというには冷たく、不満というには激しすぎる問いかけである。自らの意志によらぬ歩行であるゆえに、問う。

幼いものは迎えの男に背負われ、光養丸や万寿をはじめとする年嵩のものは、杖を手に歩く。九人の子らは、嬰児も年上のものも、それぞれ鞣《なめ》した鹿皮を小袖の上につけている。鹿の皮には呪力があるからと、赤野井のものが餞別にととのえてくれたのであった。

赤野井の仮屋で年を越し、父蓮如上人から遣わされた門徒衆が迎えに来て、大津南別所の顕証寺《けんしょうじ》に移ることになった。

父は、前年、堅田大責めに際し、大津に逃れた後、奈良、三河、関東、北陸、吉野と布教と視察をかねた旅行を続け、九月、大津に帰着、さらに十月、十津川、吉野と巡錫《じゅんしゃく》してまわった。教線の拡大のためということであった。年が明けて大津に戻り、三井寺万徳院の庇護を受けることに成功した父は、山内近松寺に隣接する南別所に一寺を建立し、妻子を呼び寄せることにしたそうだ。

道すがら、放置された骸が目につく。土とわかちがたいまでに腐乱したものもあれば、矢傷切り傷の生々しいものもあった。

「首がない」

怯えたともはしゃいでいるともつかぬ声で言うあぐりに、

「名だたる名将でありましょう」

手をひいた迎えの男が教える。

「手柄首に持ち去られたか、手のものが敵に渡さぬよう切り取ったか」

顔の面皮をむかれたもののもあり、仙菊丸や小茶女は物珍しげに立ち止まって見下ろす。

母は足もとに目を落とし、その目が何も見てはいないようだと万寿は感じる。考えてもいないようにみえる。足をうごかすことのほかは、考えることも見ることも、忘れたふうだ。

顕証寺に着き、父に迎えられたときも、母は、かくべつ嬉しそうでもなかった。その夜、万寿は、枕のもとを這いさわぐもののために目覚めた。灯火はなく、真の闇である。板戸一枚をへだてて隣は父の寝所であった。目には闇しかうつらぬが、体臭だの、息遣いだの、声にならぬ囁きだのによって、万寿は、逃げようとする母、つかまえてなだめすかす父の姿を闇の奥に視た。父は他出していることが多かったが、たまに寺にいる夜は、抱き寝の荒い声が板戸の向こうからもれた。母は声を失ったもののように、聞こえるのは父の声ばかりであった。

ようやく萎んでいた母の腹が、夏ごろから、また日毎に膨満しはじめ、身動きが懶惰になった。いやいやながら動いているように、万寿には見えた。

季節が過ぎた。

臘月《ろうげつ》、嬰児が生まれた。母の乳首がはぜ割れているのを、万寿は見た。十余年、間なしに吸われつづけて、乳首は熟れた石榴《ざくろ》のようになった。吸いつこうとする嬰児を、痛がって母はつきはなし、乳母が雇われた。しばらくのあいだ、母は胸に布をあてていた。惨み溢れる乳が布をぬらし、言葉を忘れたような母が、苦痛の声だけはあげた。

一月もすると、乳はとまったが、胸乳のすじが腫れ上がり、母はのたうってうめいていた。その後、寝つくことが多くなった。

翌年の霜月、報恩講が行われ、定法寺の順如《じゅんにょ》も列席した。久々に、万寿は、長兄の顔を見た。母の異なる、年も格段に離れた――数えれば十七違う――順如は、肉のあつい父の面差しをうけついでいなかった。背丈のわりに小さい細い顔は、寒風に吹きさらされたように血の気がなく、唇ばかりが紅をさしたように色づいていた。順如は、内大臣・日野勝光の猶子《ゆうし》となっている。猶子、すなわち、養子であるが、名義だけのものと世継とするものとある。出家の順如はもちろん日野家の家督にはかかわりない。血のつながりのない順如を名目だけにせよ猶子としたのは、順如が稚児であったころ、勝光の寵愛を受けたからだと取沙汰されているのを、万寿も聞いたことがある。

日野勝光は、公方の正室、富子の実兄である。

兄は、父、お上人にたいして慇懃《いんぎん》ではあるが、冷やかであるように万寿は感じた。

母の枕辺に順如があぐらをかき何か話しかけているのに万寿が気づいたのは、父が門徒の家に招かれた留守の夜であった。板戸の隙間から、声は洩れ聞こえた。

順如の声は酔っていた。

「叔母御」

と、順如は、万寿たちの母を呼んだ。

父の前妻、法名如了が、万寿たちの母の姉であったことは、万寿も知っている。

「お上人に従うものは、よほどの、胴欲者か、よほどの愚か者じゃ」

母には聞きわけられないと、万寿は思った。母はしばらく前から、他人の言葉がわからないようになっている。それが、からだの病のためか心の病のためか、万寿はさだかではなかった。

「男、女を問わずの。並みのものは、こなたさまのように、おれのように、狂《たぶ》れる」

順如の酔った声がつづけた。

母にかわって、わたしが理解しようと、万寿は思い、耳をすませた。

母は、どこか壊れた。けれど、順如も、狂れているというのか。

〝お上人に従うものは、胴欲者か、愚か者。並のものは、こなたさまのように、おれのように、狂れる〟と言った順如の言葉は、いささか脈絡を欠いているように万寿には思えた。胴欲でも愚かでもないものが、父に従おうとすれば、狂うほかはない。そう、順如は言っているのであろうか。

それならば、肯《うべな》える。母は、胴欲ではない。愚かでもなかった。しかし、父には従順であろうとし、無理におのれを撓《たわ》め、そのために、呆《ほう》けた。

父の説く信心は、万寿にはわからぬ。弥陀如来にわが身をゆだね、弥陀よ、助けたまえと、一心に念仏をとなえよ。妄念妄執の起きるは人の常である。人は生得あさましいものなのである。あさましい己を救いたまえと、南無阿弥陀仏の称号をとなえれば、必ず、弥陀の救いにあずかる。南無阿弥陀仏。ただ、そう唱えれば、殺生戒を犯したものも、色欲に溺れたものも、救われる。

父は、平易な言葉で、そう説く。

そうして、つづける。このようにして弥陀如来に救われた後は、有難い御恩に報謝するために、念仏を唱えよ。このようにすれば、往生はまちがいない。往生決定したものは、たとえようのない嬉しさのあまりに、寺に足を運び、志を捧げるであろう。捧げるべきである。これが、すなわち、真宗の義をよく心得た信心の人なのである……。

父は他派を、物取り信心、施物頼み、と非難する。坊主が、門徒の名を名帳・絵系図に記載することで、極楽往生の保証をする。そのために門徒は多額の金品を寺に奉納せねばならぬ。けれど、父もまた、志を捧げよと勧めている。それも、嬉しさのあまり、自発的に、と。言葉は綺麗でも、物取りは同じことではないか。

そう思ったとき、万寿は、乙女を懐かしんだ。

〝本願寺のお上人さまはの、逃げてばかりじゃ。何かといえば、命からがら逃げなさる〟

そう言ったのは、千熊とかいうがさつな少年であったが、乙女もその場にいた。そうして、千熊の言葉にうなずいていた。

わたしは父を憎む。乙女は、その憎悪を共有すると、万寿は感じていた。

父の先妻、すなわち、順如らの実母、如了は、万寿たちの母の姉にあたる。妻の死後、父・蓮如は、妻の妹を娶ったのである。七人の子をたえまなく産んで、姉の如了は、病死した。それを知っているから、母は、父の手を恐れたのではないか、万寿はそんな気がした。

心に憎しみと反逆の根をもてばこそ、わたしは狂わずにおれる。

兄は、狂っているのか。冷静に、沈着に、そうして穏やかに見える頼もしげな兄が。酔いが言わせた戯れ言か。

母の寝所には、灯しがともっていた。透き見する目が薄闇になずみ、横になった母の姿はこんもりと黒いだけだが、順如の姿は、輪郭はおぼろながら、酒をあおるさまが見えた。父の前では深酒はしないのだが、いま、順如はたてつづけに大盃をあおっている。

人前では見せぬ姿を、順如は、実母の妹の目に無防備にさらけ出している。

順如の言葉のつづきを万寿は待ったが、声はとぎれた。順如は、母の顔に手をのばした。その手をしずかにひき、酒杯を部屋のすみにかたづけ、立ち上がり、

「誰ぞ」

と、声をあげた。

「ご内室さまが、往生なされた」

その声音に酒の気はなかった。

床板が冷え渡る本堂で、葬儀が行われた。十二歳の光養丸を頭に去年生まれた末の子まで、十人の子が、母のからだの砕片のように、居流れた。男、即ち、父によって、母は襤褸《らんる》となった、と、万寿は思った。

読経の続くあいだ、風邪をひきこんでいる阿古女は、熱っぽい眼でぐんなりと万寿に身をもたせかけていた。

下がって休んでいよと万寿は言ったが、ひとりで寝ているのは淋しくて嫌だと阿古女は逆らった。

骸を地の下に埋葬するとき、万寿の眼に、乙女が、顕《た》った。

その後、遺児らの処遇が父を初めとする大人たちの間で相談された。

順如はいったん京に戻った。

翌、文明三年、五月に阿古女が死んだ。暮れにひきこんだ風邪は、春を待たず癒えたのだが、近くの池に落ち、水死した。

父は、京から近江一帯をまわっており、阿古女が死んだときは、越前加賀にあった。

やがて、父は不在のまま、子供らの落ち着き先が、ひとり、またひとりと、さだまった。お上人さまの指示であると順如は、異母弟妹に告げた。

光養丸は河内枚方《ひらかた》坊に、他の子らも各地の寺に、散り散りにあずけられることになった。

「如了さまの子は」

と、順如は言った。如了さまの子とは、順如の弟妹を意味する。

「それぞれ、寺の住持あるいは、住持の室となっておる。蓮乗《れんじょう》は、南禅寺喝食として育ち、いまは二俣本泉寺、蓮綱《れんこう》は松岡寺、そうして、四男の蓮誓はやはり南禅寺の喝食をつとめていたが、昨年より、加賀の北潟湖の鹿島明神の堂守として、吉崎に参っておる」

順如はそう言い、このように兄弟姉妹、福々しく恵まれておることは、お上人のみ教えの先々の繁栄をもたらすものにほかならぬ、と言った。

その目を万寿にむけた。

七月の末であった。

「こなたは、知恩院に、ひとまず預け置く」

順如は、平淡な声で言った。

「都はいまだ、戦乱のさなかでございましょう」

沖の島にあったころ、京に行こうと乙女を誘ったことがあった、と万寿は思い出す。都の様子はわからなかったが、ここ大津には、いくさの波動はなまなましくつたわってくる。

応仁の初年正月に勃発した戦乱は、四年を経たこの年、文明三年になっても、まだ、おさまらぬ。

「いくさがはじまってほどなく、知恩院も焼亡し、珠琳お上人さまは江州伊香立に難を逃れられたと聞いております」

知恩院の開基は、東山吉水のあたりに、開祖法然が庵を結んだのに始まる。中、東、西、三房が建てられたが、法然が讃岐に配流になったため、荒廃した。弟子の源智上人の奔走で、仏殿、影堂、僧坊がととのい、法然の没後、二十数年にして寺基が固められ、華頂山知恩院大谷寺と号するに至った。

しかし、大乱が起きるや、五月、伊勢貞親の軍勢が華頂山に陣を築き、九月には山腹一帯から粟田口あたりまで、戦火に焼きつくされた。

「焼け野原に、仮房が建てられ、何人かの僧が、寺跡を護っておる」

順如は、そう言った。

二

異臭が鼻をつく。炎天下の鴨川の河原のそこここに、腐乱した骸が折り重なって打ち捨てられ、腐肉と汚物にまみれた幼児が蠢《うごめ》いてる。

兄に伴われ、万寿はそれらを眺めながら行く。

洛中は、目をさえぎるもののほとんどない荒野の処々に、火をまぬかれた館や町屋が、炎の走った痕を残していた。

遠空に、薄黒く立ちのぼる煙がほの見えるのは、どこぞの館か土倉か、はた町屋が、いま、このとき、焼討にあっているのか。

布子も肌も分かちがたいほどに垢と泥土にまみれた物乞いがわらわらと寄ってきて道筋を塞ぎ、喜捨を乞うた。

憐れみも哀しみも覚えぬ自分を、万寿は、知った。

首筋に溜まる汗を拭いながら、己を石のようだと思った。石の形をとった空洞だ、とも思った。

石に目があるならば、飢えた子も、河原の草も、輿《こし》で行くものも、空の雲も、ひとしなみにしかうつらぬだろう。

明日はわたしが、河原で食を乞う身やもしれぬ。

大路小路の邸宅のまわりは、堀をつくり逆茂木《さかもぎ》をめぐらし敵の襲撃にそなえてあるものの、中の館は焼け崩れ、逆茂木にひっかかった骸は、甲冑、太刀を野盗にはぎ取られたのだろう、無腰半裸であった。はじけた傷口が脈打つように動いているのは、腐肉をすする蛆虫が蠢くゆえだ。干からびて骨に渋紙をはりつけたふうなものの上に、まだ血のしたたりそうなものがおおいかぶさっている。この場所で、幾度いくさが重なったのか。

東西両陣をへだてた一条大路は、幅二丈の掘り割りと化していた。

大乱勃発の二年前に、本願寺が山門の襲撃をうけ、それから父とともに河内、近江、堅田と転々と移住していた万寿は、御所にほど近い御霊林《ごりょうりん》の合戦を口火に始まった戦の、もっとも激しい時期は目にしていない。

本願寺が襲われ、万寿たちが都を落ちる前年から、擾乱は洛中のそこここで起こり、日夜火の手があがり、酒屋・土倉は徳政一揆に襲われた。

町衆の蜂起を恐れたのであろう、斯波義廉の配下の軍勢が、町々から太刀・刀などを掠奪した。

山名方と朝倉の被官たちが、方々の土倉・酒屋に乱入、掠奪のうえ、放火するという騒ぎもあった。

年明けてからもほとんど連日、放火掠奪は行われ、正月九日には、上京正親町《おおぎまち》京極の土倉が猛火に包まれた。

しかし、ほどなく、万寿は京をはなれ近江にうつったから、荒寥とした焼け野原の京は、目に新しかった。他郷に紛れ込んだようだ。

万寿は、いくさの原因が何であれ、格別な興味はない。

人の口から、いつとはなく耳には入っている。

当代公方の御台富子は、男子に恵まれず、出家して浄土寺門跡となっていた公方の弟、義尋を還俗させ、名を義視とあらため、継嗣とした。しかし、翌年、富子に男子が産まれた。富子は実子義尚を継嗣とすべく画策し、山名宗全を後楯にし、義視は管領細川勝元を頼った。それに、斯波・畠山両管領家やら、山名、細川の家督争いが複雑にからんで云々と聞いてはいるが、原因をつきつめたところで、万寿の目にうつる現状に変わりは生じはしない。

東西両軍が、それぞれ、随所に陣をもうけ、一条大路にはたちまち掘り割りがつくられ、町じゅうが、促成の堀だらけになった。公家の屋形も、襲撃をふせぐために溝を掘り、逆茂木をめぐらした。

町屋は、ごく簡単な掘っ立て造りである。土台は築かず、およそ一間おきに柱を立て、梁・桁をのせて柱を固定し、藁や茅、曽木板などで屋根を葺く。その上に、井桁に組んだ割竹で押さえ、交点を縄で結び付け、風害にそなえて置石を置く。それだけだから、建て直すのはたやすい。大寺や公家の屋形などが復興できず残骸をさらしたままなのに、町屋は、焼け跡にたちまち新屋が建つ。もっとも、木材はとほうもなく高騰しているので、焼け残りの古木を利用した家が多い。建て直したのも束の間、先頃の嵐で倒壊した小屋を、数多く見受けた。

かつては、壮麗を誇ったという平安京内裏は、源平合戦のころから荒れはじめ、幾度も焼亡し、いまは、高倉・東洞院・正親町・土御門《つちみかど》、四つの通りによって仕切られた、方一町の貧弱なものである。

内裏は、焼失は免れているが、今上《きんじょう》が不在なので、踏み荒らされめぼしいものは略奪され、荒廃しつくしている。門扉は打ち砕かれ、崩れた練塀のむこうに、床板を踏み抜かれ、蔀は破れ、落書きされた宜陽殿だの常御所だの紫宸殿だのが覗ける。堀際の御輿殿などは、屋根板も柱も薪にしようと盗み去られたのか、跡もない。

公方の屋形、室町第は、北は柳原通、南は北小路、東は烏丸、西は室町、と、南北二町、東西一町、内裏の倍の広さを持つ。

乱が勃発するや、今上は、室町第に移り住み、寝殿が清涼殿のかわりに使われている。東軍と手を組む公方が、今上を西軍山名に奪取されぬために素早く取った措置だという。

京の町は、二条通りを境に上京と下京にわかれる。下は商人、番匠などの住まいが密集し、上は、内裏、幕府、二つの御所を中心に、公家の邸宅と三管領四職以下、諸大名の屋形が建ち並ぶ。いずれも、戦火のあとをとどめている。ことに、公家大名相手の土倉や酒屋はことごとく焼討にあい、建て直しかけると再び一揆に押しかけられるというふうだが、新しい木の香がにおう木材が積まれ、大工が立ち働き、活気を感じさせるほどだ。

公卿の多くは所領地の荘園に難を避け、無人の館が浮浪のものや野盗の群れの住処になっている。館が焼失しても落ちる当てのない公卿は、小さい小屋をどうにか買いとり、細々と暮らしながら、内裏に出仕している。その内裏も、建物は焼けたので、公方の居住する室町殿に移っている。

万寿の耳は、このとき、賑やかな囃子の音をとらえた。

幻聴かといぶかしんだ。

祭礼の風流踊りの囃子に似ていたからである。

巨大な作り山を華やかに飾りたて、ひきまわしながら洛中を踊りまわる風流踊りは、京の祭りのつきものではあるけれど、この戦乱のさなか、寺社は焼かれ、ひとは流亡しきりなときに、祭りが催されているのであろうか。

囃子は近づき、姿を見せ始めた。

騒々しいほど華麗な風流の行列であった。羯鼓《かっこ》、鉦、太鼓、鼓、笛の囃子に、人々は風流傘をかついで踊り狂う。

作り山に飾られた人形は、髑髏《されこうべ》に似た顔の老尼の姿であった。

焼け残った町屋のものは簾を巻き上げて顔を出し、館の屋根の上に桟敷を急拵えして見物する富者もいる。

道を塞がれ、兄と万寿はしばし立ち止まった。

やがて、行列は小路を曲がって去った。

疱瘡が猖獗《しょうけつ》をきわめている。疱瘡神を追いやるためだと、輿をかついだ男が、万寿に告げた。

東山から上京にかけての一帯も、妙法院、清水寺、六波羅蜜寺、法観寺、建仁寺、雲居寺、白毫寺、青蓮院、南禅寺、永観寺、黒谷、若王子、聖護院、めぼしい社寺はことごとく焼かれ、残骸をさらしていた。

青草ばかりが生き生きと繁る、知恩院の焼け跡のそこここに、掘っ立て小屋がいくつも立ち、ほとんど裸の男や女が住みつき、泥と汗にまみれ蓬髪に虱が粟の穂のようにびっしりとついた子供があふれていた。

けたたましい泣き声、わめき声が、万寿の耳を打った。

住まいを焼かれたものたちが、かってに小屋を建て、住みついているのだと、兄は言った。

「わたしはここに住みますのか」

兄を見上げた。

「院の御坊たちは何処に？」

窪地の、湧き水の井戸のはたに腰をおろし、水に濡らした布で汗を拭いながら、

「こなたは、父、お上人さまが、京に打ち込む楔《くさび》じゃ」

兄は、生い茂る夏草に目をあずけ、万寿には意味のわからぬことを言った。声音は低かった。

「吉崎に、お上人さまは道場を開かれる。わたしは吉崎におもむき、普請の盛んなさまを目の当たりにしてきた」

お上人さまの道場がどうあろうと、わたしにはどうでもよいことなのに。それより、わたしが、京に打ち込まれる楔とは、どういう意味なのであろう。わたしを父が利用するというのか。そうはさせぬ、と思いながら、万寿の目は、頬骨の高い血の色の薄い兄の向こうにゆらぐ夏草を見ている。

「吉崎は、北潟の湖に、こう、突き出ておる」

指先で、土に順如は図を描いた。

「西、南、北、三方を湖水にかこまれ、陸続きは東のみ、いわば、要害の地だ。狐狼の棲む小高い山地だが、越前、越中、加賀の門徒衆が、頂きを崩し、道場を築きつつある。やがて、彼処は、我らが仏法布教の根城となろう。叡山の襲撃も彼の地までは及ばぬ」

順如は言葉を切った。

「聞いておらぬのか」

「こなたさまは、お上人さまを憎んでおわすと、万寿は思っておりました」

「わごりょは、父を憎んでか」

「遠いお人でございます。万寿は、蓮如などという御坊は知らぬ」

「他愛ないことをいう。知らぬとこなたが申しても、お上人はこなたの父であろうものを」

「わたくしは、石でございます。石になりました。それゆえ、もはや憎しみも、怒りも、ございませぬ」

やわらかい心の動きが、石に変じたのは、いつのころからか。

母が没したときも、一抹の哀しみも感じなかった。冷たい怒りが、胸骨から腰骨のあいだの、体内の空間につまって、硬い石になっている。そう感じただけであった。

「そのようなことは言わぬものじゃ」

順如はわずかに眉根を寄せた。

「言うなとおおせであれば、申しませぬ。なれど、口にせねばとて、石であることにかわりはございませぬ」

「こなたの年で、早、石か」

　順如は悲しんでいるのだろうか、それとも哀れんでいるのか。万寿には異母兄の表情ははっきり読みとれなかった。石じゃと言いながら、兄に甘えたい気持ちがあるのを万寿は感じた。石と化したと思っていた心が和らいだ。

　母の枕頭で酔ったときのように、仮面を取り去り、心のうちをむき出しに語ってほしい。父の吉崎での繁栄が、本心、兄は嬉しいのだろうか。

「石にならねば、生きておれませぬ」

　万寿は言った。そうして、言わでものことを口にしてしまった、と、思った。言葉にすればかるがるしくなる。しかし、口はかってに言いつのった。

「お上人は、南無阿弥陀仏と唱えよ、さすれば凡夫も救われるとおおせられる。南無阿弥陀仏と唱えて、おのれを仏にゆだねるも、石になるも、万寿には、似たものに思われます。苦しさから逃れるためじゃ。そうではございませぬか。兄君に逢うて、万寿は、憎しみを思いだしまいた。父を憎み、仏を憎む心を思いだしまいた。兄君は、お上人が憎うはないのか」

そうして、更に言った。

「お上人に従うものは、よほどの胴欲な者か、よほどの愚か者じゃと、そう兄者はおおせになった」

明らかに、兄はうろたえた。しかし、一瞬ののち、狼狽のさざなみはしずまり、表情は凪《な》いだ。

「夢であろうに」

静かな声が言った。

「母者の亡《の》うなられた夜でありました。あれを夢とおおせなら、母者の失せられたも、夢か。母者は、生きておわしますのか」

兄者は、と、万寿はつづけた。

「酔うてであった。酔うた兄者は、心のうちを、他愛のうさらけだされた。万寿は聞いておりました」

「よう喋る石じゃ」

兄は、動じない笑顔を見せ、

「我らが父御はの」

と言った。

「たいそうな望みを抱いておわす」

そうして、何か呟いた。

「いずれにせよ、かぎりある生じゃ」

そう、万寿の耳には聞こえた。

「万寿には、生も死も、ひとつことのように思えます。いま、生きてあることが、死とどれほど異なるのか」

順如の目が大きく見開かれ、激しい感情を見せた。

「たわけ」

と、順如は、低いが恐ろしい声を発した。

「此方《こなた》は、生きておる。わしは、やがて、失せる。此方は、生き続けよう。わしは、世におらぬようになる」

「万寿には、わかりませぬ。兄者がなにをおおせやら」

わかりたくないことから、万寿は目をそむけた。

兄の手が、万寿の手首をつかんだ。強い力で引き寄せられ、万寿は痛みに小さい声をあげた。

「痛いか。痛いあいだは、此方は生きておる」

兄の目は、いっそう、狂的に光った。つかんだ手に力が加わった。骨が折れる、と、万寿はおびえた。

「恐ろしかろう。恐ろしいとおびえる此方は、生きておる。此方に栄華をさしょうぞ。狂うて生きよ。生き狂いに生きよ」

生きるとは、静かに狂うことじゃ。順如は、そう言った。

「狂わいで、なんとして生きらりょう。生きておるものはすなわち、狂うておる。此方は生きておる。ならば、花咲かせて狂え」

順如の目は、万寿をからめとった。

「わかりませぬ」

と言いながら、万寿は石のような心が波立ち始めるのを感じた。

「此方は狂え」

順如の声は、錐の先のように、万寿の耳に突き刺さった。

「兄者は、いかがなされる」

「命あるかぎりは、狂い生きよう」

「兄者は、やがて、お死にやる？」

「ほどのう」

順如は、そう答え、夏の熱気に悪酔いしたような目を、宙にあずけた。

理屈を言いたてれば、兄の言葉は、筋が通っていなかった。狂うという言葉を、兄は、そのときどきで違う意味に使っている。先に母の枕頭で口にしたときは、父に関わるものは、胴欲者か愚か者のほかは狂うと言った。今、生きているものはなべて狂者だという。

「狂い生きることと、この荒涼の地に棲むことが、どうかかわるのでございましょう」

万寿の声は、冷やかさを帯びた。狂うておわすのは、兄ではないのか。兄の狂いに巻き込まれぬよう、石で心を鎧わねばならぬ。

ふたりのまわりを、いつか、襤褸をまとった子供たちがとりまいて、眺めていた。

「去ね」

万寿は声を投げ、荒んだ声音だと思った。

「時を待て」

兄は言った。

「かならず、こなたに栄華をさしょう」

垢じみた痩せた子供たちの手が、食べ物を乞うように、ふたりにさしのべられた。万寿は振り払った。ひとりの手首をつかみ、万寿は、静かな表情のまま、捻じり上げた。子供の顔がゆがんだ。もう一息力をこめれば、骨が折れるだろうと万寿は思った。じぶんでも知らなかった残虐な力が指にこもった。悲鳴を上げようとはせず、子供はだまって涙をこぼした。これまで、もろもろの理不尽をだまって耐えてきた。声をあげても何も変わりはしないと諦めている顔であった。戦火も、万寿の突然の暴力も、子供にとっては同じ天災なのだろう。そう、気づいたとき、万寿は子供を哀れみ、哀れみながら、突き放す前に指がかってに、ぐいと捻じっていた。順如は万寿の手が一瞬のあいだにどれほど残酷なことをしたか、目をとめなかったようだ。

「兄者のおおせられることは、万寿にはいっこうにわかりませぬ。お上人に合力《ごうりき》する気もございませぬものを」

「さて、汗もひいたか。参ろう」

兄は立って、万寿をうながした。


どこまでが、院の地所内なのか、境界は失われている。

兄が足を止めたのは、草葺の粗末な庵の前であった。

尼僧がふたり、繕い物をしていた。

「しばし、ここにおいやれ」

兄は、万寿を尼僧に託して去った。

三

うっすらと髭が生えている。年老いた方の尼僧の唇の上が煤で汚れたように見えるのはそのせいだと、万寿は気づいた。

男かと思ったが、肌脱ぎになって汗を拭っている胸には萎びた乳房があった。若い方は、ろくなものは食べていないだろうに、よく肥えていた。庵主さま、と老いた方は呼ばれ、庵主は、若い方をみょうちんと呼んでいた。みょうちんが、文字で書けば妙椿だと、ともに暮らしているうちに知った。庵の裏に、二人は蔬菜をつくり、若い方は托鉢に出て、幾ばくかの穀物を持ちかえった。老いた庵主は、竹の笞を持ち、野菜を盗みにくる子供を、ほうほうと声をあげて追い払うのを大切なつとめにしていた。

かつて、仏法の聖地であった知恩院は、いまは、鉦叩き、鉢叩き、三昧聖《さんまいひじり》、歩き巫女、陰陽師《おんみようじ》、傀儡《くぐつ》、盗賊、何の芸も持たぬただの物乞い、それらの巣となっていた。

京の葬送の地は、鳥辺野、蓮台野、嵯峨野であったが、蓮台野は、人々が墓所をとりこわしその跡地に住居をかまえたので、知恩院は蓮台野に代わる埋葬地となっている。丁重に葬られる骸ばかりではない。かぶせた土が浅いため、骨が露出したもの、窪地に棄てられ、腐肉を野鳥の養いとするもの。崖地の下には癩者が群れ住む。知恩院の広大な境内に、生者と死者は、隣り合わせに棲んでいる。

焼け崩れた寺の残骸は、屋根をかけ、時宗《じしゅう》の僧、尼僧が雑居していた。時宗のあいだでは、尼僧は僧の子を孕み、堕胎、間引きは珍しくないと聞いていたが、万寿はそれを目のあたりにすることになった。

時宗の僧を頼んで剃髪し、黒い阿弥衣をまとえば、三昧聖も時宗の阿弥を名乗れる。僧も尼僧も、引導《いんどう》袈裟をつくっては町衆に売りつけ、生計をたてている。博奕もさかんだ。賽一つを使って、四か一の目がでたら賭物の半分を取る単純な博奕を『四一半』と呼ぶ、ということも、万寿はいつか見知った。僧や尼たちは袈裟を賭け、衣を賭け、食べ物を賭け、目を血走らせる。

知恩院とかぎらず、焼け跡の空き地はいずこも同様であり、呪師《のろんじ》や放下《ほうか》が見物を集め、女猿楽が勧進してまわる。そのあいまに、辻々で合戦が起きる。

寺社の焼け残った本尊は盗み去られ、黄金仏などであれば、盗賊を待たず、社人の手で打ち砕かれ売り飛ばされる。盗んだものが雑色に捕まり、生きたまま四肢を縛られ川にほうりこまれたりもしている。

この雑駁《ざっぱく》、この精気、この放縦は、万寿の血をいきいきとさせた。ことに時宗の僧・尼の堕落ぶりは、父にたいする嘲笑のようで、万寿もまた、こころの中で笑った。彼らは、死を商いの種にしている。吉崎に道場を築くという父の所業も、似たようなものではないかと、万寿には思えた。

もっとも、万寿は、彼らと溶け合おうとはせず、おのれのまわりに透明な垣をつくり、眺めているというふうであったのだが。


兄は、しばしば、吉崎と京のあいだを行き来しているようであった。

危いことの多い旅であろう。

兄はいっそう蒼ざめ、会うたびに、手足に傷痕をふやしていた。

そうして、万寿に、吉崎の様子を語った。

吉崎は、越前と加賀の国境にある。北陸は、早くから、東西両陣営にわかれ、干戈《かんか》を交わしていた。

加賀も越前もともに、守護大名が覇権を争い、合戦につぐ合戦、そのおかげで、吉崎の道場建立に干渉するゆとりがない。道場は、たいそうな繁盛じゃ。

順如は、吉崎の道場のさまを細密に描きだす。

順如の言葉のとおりであれば、そこは、堅牢な砦のようだ。頂きの本坊を中心に、直参の弟子の住む多屋九房が、護衛するように並び、緩やかな斜面をくだる馬場大路の両側にさらにおびただしい多屋が散在する。各地から参詣にくる門徒衆のための宿ともなり、敵の攻撃を受けたときは防衛の屯所となる。

「わたしには関わりない」

万寿は聞き流す。しかし、順如の言葉は次第に万寿のこころに堆積する。

四

山を下り、祇園のあたりには、祇園社に隷属《れいぞく》する犬神人が群居する。日ごろは弓弦や矢をつくり、いくさとなれば祇園社の守護兵力として猛威を振るう。

さらに下った鴨川の河原には、さまざまな人々が住みついている。

葦が生い茂り、雨が降れば水が溢れる石ころだらけの河原は、不課税の地である。飢饉、戦乱などで流亡してきた人々が住みついている。

托鉢にまわるという妙椿について万寿は山を下りた。

ついてくるなと、妙椿は、言ったのだった。

庵主さまの相手は飽いた、と、万寿は言い、ほな、好きにしやれ、妙椿は、くちもとに薄い笑いをみせた。初めてみる、皮肉ともとれる表情であった。肌がふっくらと柔らかく白い妙椿は、いかにも人がよさそうで、万寿は好感をもっていた。町に下りた帰りには、万寿に古着を購うてきてもくれた。

万寿は、足をとめた。

河原を通りぬけ、四条の橋をわたり、六角のあたりを歩いているときであった。朝夕は涼風がたつが、塀の崩れた小路には湿った暑気がたちこめている。万寿が歩みをとめたのは、こころよい水がからだを包み込むような音色が、耳にしのびいったためである。

音のする方に目を投げると、弊衣の僧が、尺八を奏しながら、悠然と歩いていた。

七十を越えたとみえる痩せた老人である。足取りは矍鑠《かくしやく》としている。笠もかぶらず頭髪が乱れのび逆立っているのは、破戒の僧の多いこの頃、珍しくはないが、腰に木剣を帯びているのが奇妙だ。

妙椿は道をそれた。荒くれた足軽どもが、抜き身をさげ、徘徊している。僧に心ひかれたが、ひとりになるのは恐ろしく、万寿は、妙椿のあとを追った。そのため、僧の姿は視野から消えた。尺八の音ばかりが耳の奥に残った。

辻に立った妙椿は、通りかかる男に、ちゅちゅと、舌を鳴らした。

ふりかえる男に、流し目をくれ、袖で招いた。男は肩をそびやかし、去った。

「こなたの知り人か」

問う万寿に、

「なんの」

妙椿は笑った。

「まだ、こなたは知らなんだか」

「何を」

「はて。わたしの商い」

「托鉢は、商いか？」

「ただ、物乞うて、銭や米が手に入るものと思うてか。愚かやな」

「何を鬻《ひさ》ぐ」

「気づいておろうに」

肩をしゃくるような仕草を、妙椿はして、また忍び笑った。

「こなたも、嚚ぐか」

その言葉を聞いたとたん、万寿は吐き気をおぼえた。

逃れようとする母、つかまえてなだめすかす父の姿、そうして、母のはぜ割れた乳首、苦痛の声、母の骸の蒼白い色。それらが、いっせいに顕《あらわ》れた。周囲に猥雑《わいざつ》な色の行為はみちみちている。それを目にしても、吐き気などは生じなかったのに、わが身に関わるとなったら、突然、からだが反応した。

あおざめ、鳥肌だってえずき声をあげる万寿に、妙椿は鼻白んだ。

からえずきしながら、万寿は、また乙女を思い出していた。乙女は島で、男に抱かれていた。乙女は、わたしの越えられぬ関を、やすやすと踏み越えたのだろうか。

妙椿は苦笑した。

「こなたのような童をな、だれが買うものか」

庵主と妙椿と万寿、三人の暮らしは、妙椿の色で賄われてきていたのだと、万寿は知った。庵主は承知なのだろうか。万寿は問いただす気にはならなかった。尼が色を鬻ぐ。さまで驚くことでもない。僧衣を着ていようと俗世のものと、何変わるところはない。父のありようを見れば、あきらかだ。

そう思いながら、万寿は、気が塞ぎ、庵の外でうずくまる。

以前から、すべての事象から等しい距離に身をおき、深い関わりをもたぬようにしてきた。関われば傷つく。本能が自衛させた。

石になったと思っていたが、まだ柔らかく、傷は腸《はらわた》をむしばみ、

――わたしは、なにゆえ、世にあるのであろ。

益ない問いが、胸を嚙む。

――〝わたし〟とのみは言わぬ。人は、なにゆえ。

庵の裏の小さな畑には、大角豆《おおささげ》の莢がふくらみ、地下で長薯《ながいも》が育った。盗みにくる子供を、庵主はそのときの気分で、竹棹で追いはらったり、気安くわけてやったりした。

色を売っているとあかしたときから、妙椿は、かすかな刺を万寿に感じさせる

態度をとるようになった。

万寿がさげすんでいると思ったのかもしれない。

庵主と妙椿は、暇つぶしに、気まぐれに万寿の世話をやく。陽の当たる地べたに筵を敷き、万寿を坐らせ、目のつんだ櫛で髪を梳く。櫛の目にびっしりとひっかかる虱を、桶にみたした湯にこきおとす。無言で、好きなようにいじらせ、やがて二人が庵にはいると、万寿は、土の上にあおのいた。

虚しく時が過ぎる。その寂寥《せきりよう》と苛立ちを、共有する相手がここにはいない。

万寿は、乙女をなつかしんだ。乙女に甘えまとわりつかれると、いささかわずらわしくも感じたのだったが、沖の島の岩場で二人で戯れ歌を歌いあったとき、二人はたしかに、寂寥と焦慮の淵にいることを知っていた。

「頭に遊ぶは頭虱《こうじらみ》、項《うなじ》の窪をぞ極めて食う」

おどけた歌を、万寿はひとりくちずさんだ。

「櫛の歯より天降る、麻笥《おごけ》の蓋にて命《めい》終わる」

わごりょ思えば、美濃の津よりきたものを……。

つづいて歌の詞が口をついたが、男と女の情をうたったものと気づいたとき、不快感がよみがえり、口をとざした。

ただ、虚しく、時が過ぎる……。

どのようにあれば、心がみたされるのか。そのすべを見出せぬ。

大角豆の莢をむき、茹でて食べれば、からだの養いにはなる。養うたからだで何をする。また、豆をつくる。同じ繰り返し。

「頭に遊ぶは頭虱……」

眼の上に空がひろがる。

〝こなたは、父、お上人さまが、京に打ち込む楔じゃ〟

生い茂る夏草に目をあずけ、兄が言った言葉を、耳の底によみがえらせた。

〝吉崎に、お上人さまは道場を開かれる。わたしは吉崎におもむき、普請の盛んなさまを目の当たりにしてきた〟

そうして、兄は、

〝いずれにせよ、かぎりある生じゃ〟

そうつぶやいたのだった。

〝生き狂いに生きよ。花咲かせて、狂い生きよ〟とも、言った。

そのときの兄の激しい目は、万寿のなかに棲みついている。

西、南、北、三方を湖水にかこまれ、陸続きは東のみ、要害の地に父は牙城《がじょう》を築きつつあるという。

〝我らが父御はの、たいそうな望みを抱いておわす〟

兄の言葉を綴りあわせ、万寿は、おのれが抱く虚無の外側にあるものが、かすかに見えるような気がした。


父がどのような出自を持ち、万寿が物心つくまでにどのような生があったか、おりに触れ語る兄の言葉から、万寿は、少しずつ、知った。

長子ではあるけれど、父蓮如は、その父・存如が本願寺の婢女《はしため》に生ませた庶子であったという。祖父が正室を娶ることになったので、婢女は、子を残し、寺を去らねばならなかった。

そう聞いたとき、万寿は、苦い笑いを浮かべた。

祖父なる人もまた、仏の慈悲を唱えながら、酷い所業をするものであったのだ。

そのころの本願寺は、たいそう貧しく、さびれ果て、参詣の人もほとんどいなかった。蓮如が十七歳のとき、継母に男子が出生した。

継母は、わき腹の長子を、邪魔ものとみた。

存如が没したあと、異母弟とのあいだに、相続争いが生じた。

存如は、後継者をさだめる譲り状を残していなかった。

異母弟は、嫡男である。母、本人、そうして周囲のものもほとんど皆、嫡子があとを継ぐと決めていたが、存如の末弟の強引な推薦を背景に庶子の蓮如が八代留守職《るすしき》に就いた。継母と嫡子は、加賀に移った。

兄からそう聞かされ、

〝欲の深い、業の深いお人ではある〟

万寿は言い捨てた。

浄土真宗の開祖は親鸞だが、本願寺とその教団の草創者は親鸞の末娘覚信尼の外曽孫・覚如である。親鸞の没後、門弟たちによって大谷の地に本廟が建立された。この土地は、覚信尼が再婚した夫の持ち地であった。覚信尼は、廟堂の土地、建物、影像などのいっさいを、同胞教団の財産として寄進した。そのかわり、覚信尼の子孫は、留守職として本廟を管理し、弟子たちから納められる志納金によって暮らしをたてるという仕組みである。留守職を継ぐか否かは、暮らしの上で生じる差が大きい。

〝お上人さまは、本願寺の興隆を念願とされておられる〟

淡々ときこえる口調で、兄は言ったのだった。

〝近江にまず教線をひろめようとなされたが、真宗の勢力の拡大をきらった山門との戦いになった。その後のことは、こなたも知っておろう〟

いよいよ、吉崎に堅固な道場を築かれ、宗門は栄えのみちが開かれた。めでたいことじゃ。

そう言いながら、兄は微笑した。万寿のこころを映したような、皮肉な笑顔であった。

〝お上人のなされかたは、まことに、巧みだ〟

兄がそう言ったとき、

〝どのようななされかたでありましょう〟

万寿は珍しく興味をもってたずねたのだった。

教えをひろめるためには、先ず、坊主と、年老と、長、この三人を門徒にひきこむ。

〈坊主〉は、他宗の僧。年老、長は、村の名主・長農民をいう。つまり、村々の、もっとも有力な人々を取り込む。そうすれば、下々のものは、労せずとも、有力者にひきいられ、入信する。

〝酷いことをなさる〟

万寿は言った。兄は、静かな目を万寿にむけた。

〝そうではございませぬか。法華であれ時宗であれ、やすらかに信心しておるものを。根こそぎうつしかえなさる。坊主が宗旨変えをし、名王がそれに従えば、下々は、否やも応もありませぬものを。否というたら、村にはおられぬ。村を出ては、暮らしが立たぬ。嫌な話を聞きまいた〟

〝一度、こなたを、吉崎に伴おうの〟

兄は言った。

〝お上人さまに、本心合力なされるのか。こなたは〟

言いつのる万寿の肩を、兄はなだめるように軽く叩いた。

——兄の身は、病に蝕まれている……。

万寿は思う。地の冷気が、あおのいて寝そべった背にしみる。

——お上人に合力することで、兄は、こころの虚ろをみたそうとしておられるのであろうか。

父を語る兄の語調に、冷やりとしたものを感じるのは、兄をわが味方と思いたいわたしの錯覚か……。兄の目は、何か不気味だ。

四之章　虚飾の砦

一

　文明五年、七月半ば、燃えさかる陽に焙られ、狂ったように、踊り念仏の一団が都の小路を練り歩く。

　その行列に巻き込まれ、ふらふら踊り歩いている少女は、乙女であった。

　髪はそそけ、身にまとったぼろの前がはだけ、からだはいまにもくずおれそうに疲れ果てているのに、周囲の声にあおられ、よろめきながら、掠れた歓声をあげていた。

異臭がみちている。鴨川の河原のそこここに、腐乱した骸が折り重なって打ち捨てられ、腐肉と汚物にまみれた幼児が蠢き、布子も肌も分かちがたいほどに垢と泥土にまみれた物乞いが、道行く人にわらわらと寄ってきて道筋を塞ぎ、喜捨を乞う。

洛中のいくさは、下火になりつつあった。各領地は農民が一揆をおこし、大名らは軍をひいて所領に帰るものが続出していたのである。

それでもなお、西軍の大内政弘、畠山義就が相国寺南に陣をかまえ、東の一色軍は船岡山の陣から動かず、さらに赤松、土岐などの軍もとどまり、軍兵の小競り合いは絶えない。

山名と細川は、戦乱を収めるために苦慮し、細川勝元は髻《もとどり》を切って出家しようとし、山名宗全にいたっては、自害して責めを負おうと腹に短刀を突きたてたが死にきれなかったなどという噂も洛中につたわっていた。この噂は、京雀を笑わせた。

山名宗全が没したのは、弥生《やよい》というのに雷鳴とどろき、竜神が荒れ狂う豪雨の日であった。細川勝元が疾病にたおれ死んだ日もまた、五月には珍しい嵐が吹きすさんだのだった。

目の前で、白熱した太陽が渦を巻き、乙女は前のめりに膝をついた。そのからだを、だれともわからぬ腕がささえた。群衆から乙女をひきずりだした。

腕につづく、若い男のからだがあった。腰までの短い布子に、下は褌一つのみすぼらしい姿だ。十七か八か、そのくらいの年ごろに見えた。

油小路の寝殿造の館に、男は乙女を連れ込み、休ませた。

公卿の館は、若い男の風体にふさわしく荒れ果てていた。

中央に南面した寝殿では、七、八人のこれもまだ少年じみた男たちが博奕に興じていた。男は彼らを追い払った。

公卿はその所領に難を逃れ、野盗、物乞いの殿閣と化した空き家は、洛中に数多い。

「ひもじいのか」

若い男は言った。

空腹感もないほど、疲れていたが、うなずいた。

「粥をつくってやれ」

若い男は、横柄に、仲間に命じた。

粥をすすり、人心地ついた乙女に、

「名はなんという」

男は問うた。

「忘れた」

乙女は言った。我が名は乙女、と名乗る気にならなかった。七郎の手から他の人買いに渡され、さらに、あちらこちら売られ、逃げ、つかまってはまた逃げ、流れ歩くあいだにいろいろな名で呼ばれた。『乙女』という名は、ただ一つ、身に残っただれにも奪わせぬ我がもの。

「おれが名は、闇丸《やみまる》だ」

と、その男はものものしく名乗った。

「闇の党の頭だ」

休み、食をとり、いくらか気力の回復した乙女は、思わず苦笑した。

闇色の衣をまとい、夜の京を疾駆《はし》る、とでも自賛して、『闇の党』などと大仰な名乗りを上げているのだと、察しがつく。

こういうまだ年若い野盗の集団は、洛中に、数知れずあった。どれもが凶暴で鳴らすと自認するから、ひとつがきわだった特色を持つということはない。ひとりで稼ぐよりは徒党を組んだ方が効率がよいし、孤立より連帯のほうが淋しくなくてよいという孤児たちだ。

野盗であっても、年長《た》けたものは、闇だの嵐だのと、特異な名乗りはせぬ。よけいな飾りにこころを労する前に、実際の働きを考える。そう、乙女は思ったが、口をきくのもたいぎなので黙っていた。

「痩せ猫を拾った」

と、闇は、仲間に説明した。

闇、と名ばかりは一人前だが、平凡な若者にすぎない彼は、拾い上げた痩せ猫を可愛がった。痩せ猫は彼に養われ、少し肉がついた。

女を襲うのは彼らの日常であり、輪姦も茶飯事であったが、彼は仲間に、痩せ猫を〈妻〉とみとめさせた。首領の妻であれば、手は出さぬ。若者たちは、その点、律儀だった。

それまで、彼らは奪うことに専念してきた。生きものを飼うのも楽しいと、知った。これもまた、洛中にいくらでもみられることであった。似たような出会いから夫婦になったり同衾したり、長く続いたり、たちまち別れたり。

そうして、ほとんどだれもが、悲惨といえる過去を持っていた。喋々《ちょうちょう》と語るようなことではなかった。平時なら異常なことも、それが日常となれば、とりたてて他人に語るまでもない。

生まれはどこだとも、親はどうしたのだとも、彼が問いたださなかったのは、そのせいだ。

闇、と自称する彼自身は、長禄元年に生まれた。その二年後に、凄まじい天変と飢餓が世を襲った。生まれた土地を、彼は知らない。物心ついたときは、袖乞いの女に連れられて、洛中洛外をうろついていた。

京の町は、荒れ鼠、棘鼠《とげねずみ》、餓狼《がろう》の巣と化し、油鼠は狼の餌となり、女はしばしば、幼い彼をつねって泣かせた。幼児が泣けば、哀れんで銭やら何やら恵んでくれるお人よしがいる。

泣いてもうるさがられるだけの年になると、女は彼を邪魔にしたので、彼は嘘泣きをやめ、女の稼ぎを奪って逃げた。

野盗の仲間に入ったが、下っ端はこき使われるだけで、いい目にはあわないので、独立した。

大飢饉のあとに戦乱がつづき、この年、文明五年、あしかけ七年になるいくさはまだ終わらぬ。

名を忘れたという彼女に、彼は、茜、と名づけてやった。夕焼け空の色にちなんだ名を、たいそう優雅だと自賛したのも、彼の年のせいだろう。抵抗するものを叩き切って流れる血の色には無感動だが、空のうつろいには目をうばわれるのである。

痩せ猫のような少女を飼う気になるのも、この年頃の若い男にありがちな感傷癖だ。

痩せ猫は、口数が少なかった。彼のいいなりになるので、世話がやけず、からだのもてなしようだけは、おそろしく巧みであった。

名は忘れたと言う少女の、年がわかったのは、なにかのはずみに、大飢饉のはじまった次の年に生まれたと、痩せ猫が言ったからである。

少女はときどきつぶやく。

「頭に遊ぶは頭虱」
彼の知らぬ戯れ歌であった。
「項《うなじ》の窪をぞ極めて食う。櫛の歯より天降る、麻笥《おごけ》の蓋にて命終わる」

仰々しい名に実体のともなわぬ彼らは、底冷えのする霜月、はるかに強力な一団に襲われ、塒《ねぐら》を追い出された。彼は幼妻の手をひいて闇雲に走った。仲間は散り散りになった。斬殺されたものもいたのかもしれないが、目をとめるゆとりがなかった。

真昼間であった。けっこうな塒を奪えば用はすんだとみえ、襲撃者は追ってはこなかった。

痩せてはいなくなった猫が、ただひとり闇丸のもとに残った。

乙女が闇の党の首領の妻であったのは、半年に満たないことになる。ふたりだけでは『党』とは呼べない。

とりあえず身をやすめる塒をさがし、ふたりは河原を過ぎ、四条の橋を渡り、ゆるやかな坂道をのぼり、知恩院の境内に入った。本堂も坊舎も焼きつくされた跡の荒れ地に、掘っ立て小屋がいくつも立つ。その一つに、ふたりはもぐりこんだ。

徒党を組む仲間が、さしあたり見つからぬ。他人の下につくのは、懲《こ》りている。町に下りては、こそ泥で稼ぎ、闇、と名乗るのが、いささか気恥ずかしい。これでは土丸とでも名乗らねばならぬと、彼はあいかわらず些事《さじ》にこだわる。猫に、颯爽としたところを見せないと、愛想をつかされ出ていかれそうな不安を持つ。

もっとも、猫は、彼に懐《なつ》きもせぬが、嫌うふうでもない。

月は臘月《ろうげつ》とかわり、寒気は厳しさを増した。

土一揆をみかけ、略奪に加わって、獲物を持ちかえると、猫の姿がなかった。彼は「茜」とおらびながら、広大な境内に散在する小屋を探しまわった。

草葺の粗末な庵の前に来たとき、くっと笑い声がした。猫の笑い声を彼は聞いたことがなかったのだが、直感した。

蔀戸越しに中をのぞいた。

女が、四人いた。尼僧がふたり、少女がふたり。少女のひとりが、猫だ。

猫の手は、もうひとりの少女の手を握っていた。

その少女の美しさに、彼は目をうばわれた。

猫より少し年上か。大柄な女の子であった。身につけた小袖は襤褸《ぼろ》だが、肩のあたりで切りそろえられた髪は青みをおび、薄墨を刷いたような太く淡い眉、切れ込みのくっきりした眦《まなじり》、くちびるは、ぽっとり厚い。少女は、彼に目をむけた。まともにみつめられ、彼はたじろいだ。

床に水をたたえた小桶をおき、尼は猫の髪を梳いては、櫛の歯にからまったものを桶にこき落としている。虱をとっているのだとわかった。

猫は、彼をちらりと見、

「万寿さま。呼び入れてもよいか」

と、少女にたずねた。

「なにもの?」

「わが夫」

猫は答え、

「らしゅうある」

とつけくわえた。

「その男はわたしを、茜と呼ぶ」

そう言って、猫は、笑った。

彼は、少し鳥肌立った。彼の知らぬ猫の表情であった。

万寿は、片頬に薄い笑みをみせた。

「ま、お入り」

庵主であろう、老いたほうの尼が、彼を手招いた。

「茜、来い」

彼は、夫の威厳をみせて、猫に命じた。

「わたしの名は、乙女という。呼ぶなら、乙女と呼びやれ」

従順だった猫が、爪をのぞかせ、言い返した。しかし、目は笑っていた。こんな楽しそうな表情をはじめて見たと思った。

背後に足音を、彼は聞いた。

とっさに、彼は小屋のなかにふみこみ、猫をかばう位置に立った。つねに敵に備える習性が身についている。

早とちりであった。万寿も、ふたりの尼も、親しげな目を、彼の背後の足音の主にむけたのである。

猫――いや、乙女――だけが、見知らぬ者を見る目であった。

おとずれたのは、僧侶である。三十ほどか。疲れているのか、病身なのか、顔色は土気色だ。痩せて稜角の鋭い顔だちだが、おもざしに万寿と似かよったところがある。

荷を負った従者を連れていた。

彼は、隅にのいた。

僧は、従者に命じ、荷をひらかせた。

尼が嘆声をあげた。

絹の打掛けと小袖がきらきらしくあらわれた。

僧は、万寿に、着替えようとうながした。

「いよいよ、御出世か。知恩院のこともあんじょうとりなしてくだされや」

庵主は細い声を僧に投げた。

万寿が襤褸を脱ぎはじめると、僧は従者ともに外に出た。一間きりの庵である。尼は、居座っている彼を、目で追った。彼は、壁の方をむいた。衣擦れの音を聞いた。

着替えがおわると、僧は入ってきた。

「当山住持、珠琳お上人さまは、御堂を再建なされようと、ありがたや、大和、河内、摂津と、あまねく勧進にまわっておわします。留守は、一、二、三の坊に残った方々やらわたしどもやら、お護り申しております。知恩院開山の一日も早うなりますよう、御上からも何分の御奉加を」

庵主の細い声が綿々とつづいた。

美々しい衣をまとった万寿に彼は見惚れた。

「兄者」

万寿は言った。

「わたしの妹を、日野さまのお屋形にともなうことをおゆるしくださいませ」

「妹？」

乙女が万寿に一膝にじりよりながら、僧をみつめるのを、彼は見た。

「此方の妹は、わたしにも妹。阿古女、あぐり、小子々、すえ、市女《いちめ》、みな、彼方此方の寺に身を落ち着けておる。どの妹をいう？」

「兄者の知らぬ妹がもうひとり」

万寿が言い、乙女の表情が動いた。

怪訝そうな目を、僧は、乙女にむけた。

「堅田衆の子じゃ」

万寿は告げた。

乙女は、問うた。

「あなたさまが、順如さまか」

おれの知らぬ妻の素性を、万寿という娘は知っている。

以前からの知り人か。彼は、いぶかしんだ。

堅田は、近江、琵琶湖の西岸にある。そこに住むのは剽悍《ひょうかん》な湖賊と、彼は聞き知っている。湖上を行く船を襲い、関銭をとりたてる。

そうか、おれの妻は、湖賊の娘か。

野盗の妻にこのうえなくふさわしい。

「堅田のものか。なぜ、ここに？」

僧は問うた。

「今日、めぐりあいました。まだくわしい話は聞いておりませぬ」

万寿が答える。

「堅田におったころ親しゅうしておってか」

「はい」

とふたりは声をあわせ、笑みをふくんだ目をかわした。

「本日は、日野卿にこなたがお目見え申す日ゆえ、余のものを連れてはゆけぬ」

僧は、乙女にむかい、

「後日、一条烏丸の権中納言・日野兼顕卿の屋形にまいれ。万寿が召使うよう、話をしておこう」

と言った。

「われァ、湖賊だったのか」

なぜ、黙っていた、と、詰る声になった。

乙女は、彼の膝に手をかけ、珍しく甘える顔をみせた。

「どうして、故郷を出た？」

「堅田は、大責めにあったよ」

乙女は言った。

そうして、

「おまえは、やさしいな」

闇がはじめて聞く言葉であった。

「祖母さまが、髪を梳いてくれた……」

声が、遠い歳月の底から生まれてくる。

「汀に腰をおろし……」

乙女はつぶやく。

彼にはききとれぬ声である。声は、乙女の胸のうちにのみある。

忘れよう。乙女は髪を払いのけるように、記憶を払い落とそうとする。

しかし、祖母が髪を梳く手の感触が、甘やかによみがえる。

痛い。顔をしかめる七つの自分が視える。

……琵琶法師から七郎に売られ、さらに転々と売られたり逃げたりしながら京にきた。

「それが、わたしだ」

乙女は、過去を彼に語った。

「あちらに売られ、こちらに売られ、逃れ、色鬻《ひさ》いで、今日まできた」

「だから、どうだというのだ」

闇は、言い返した。彼には、乙女の過ぎ越しが、他とそれほど変わったものには思えなかった。七つ八つから色の餌食にされたものなど、戦乱の京にはざらにいる。

「おまえは、祖母さまにいとしまれただけ、おれよりましだ。父親がわかっているだけでも、けっこうなことだ」

「お上人は、憎い」

「憎める相手がおって、けっこうだ」

闇は言った。

彼は、とりわけ憎いと思う相手はいなかった。

「おまえは、鈍だ」

乙女は言い返した。

「鈍の、下《げ》だ。下々の下だ」

罵りながら、乙女は、闇にしがみついた。

「忘れろ」

「忘れようとしてきた。しかし、忘れたあとに何が残ろう。忘れぬ。万寿さまのもとに行く」

「行ってどうする」

「行ってみねばわからぬ」

「万寿というおひとは、どうして、このむさいところに、おったのだ」

「知らぬ。行って訊ねてみる」

「やめておけ。怖いと言うたではないか」

「怖いけれど、惹かれる。深い淵をのぞくと、怖いのに、吸い込まれそうになるように」

「おれは、順如という坊主のほうが怖い気がした」

「怖いゆえ、行く」

「行こう」

闇は応じた。

彼には、乙女の脅えはわからなかった。美しい、利発な、勝気そうな娘。彼が万寿から受けた印象は、それだけであった。

「公家の屋形にゆくのなら、もう少しましな小袖がいるな」

どこからくすねてこようか。妻を着飾らせてやりたいと、単純なことを考えていた。


千熊だの五郎太郎だの七郎だの、幼いからだを弄《もてあそ》んだ男たちと、闇は、かくべつ異なるところはない。そう、乙女は思う。人買いを生業とする七郎は別としても、千熊も五郎太郎も、ものものしく闇と名乗るこの若者にくらべ、残虐なわけではなかった。日頃の行動をみれば、闇のほうが、残忍な殺戮《さつりく》と強奪を平然とやってのけている。

それなのに、乙女は、闇には素直になれた。

過去のおぞましい記憶を共有しない相手だからかもしれない。

名乗りに似合わず、あっけらかんとした明るさを持つ男であった。

ともに暮らしていると、こころの底に凍りついていた手に負えぬ塊りが、やわらぐような気がすることがある。

乙女は夫の胸に顔を埋めた。

「昔のことは、思い出したくない」

「ならば、忘れておれ」

彼は言い、乙女の髪を撫でた。

万寿の、黒々とした髪の手触りを思った。

「忘れさせてやろう」

腿のあいだに膝をわりこませると、

「男のからだも、忘れたい」

忘れたい、と言いながら、乙女は、ふわりと力の抜けたからだを彼にあずけた。

後日、まいれ。

万寿の兄、順如はそう言ったが、屋形のものに追い払われるのではないか。ふたりは思ったが、万寿が召し使うよう話をしておくと言った順如の言葉は嘘ではなかったようで、門の番人は、ふたりを東北の対屋に通した。

侍女にかしずかれた万寿は、生まれながらの姫のようにみえた。公家の娘と見るには、くっきりした目が勁すぎたが。


名目は、日野家の養女として、万寿はむかえられたのであった。

気儘はゆるされず、立ち居振る舞いの作法を仕込まれている。

乙女は、侍女に加えられ、万寿のそば近く仕えることになったが、闇は部屋にあがることは許されず、池の掃除やら、破れた塀のつくろいや、力仕事をあてがわれた。

調法な下人が手に入ったと思われているようだ。いささか窮屈ではあるが、風紀がゆるんでいるので、息苦しいほどではない。公家の屋形はいずれもそうだが、四足門《しそくもん》あたりに、京中の悪党が集まり四一半や双六の座をもうけ、足軽から屋形の下僕奴婢も加わる。邸内では主が客を招き、連歌、十種香、貝覆《かいおおい》、闘茶、と、教養の必要な優雅な賭博が流行っている。賽を振って目数の多い方が勝つ『目勝』、手入れの行き届かぬ荒れた中庭で、鶏をけしかけ闘わせる『鶏合』も、しばしば行われる。

招きつ招かれつ、しじゅう酒宴を催してはいるが、公家も禁裏も料地荘園からの運上がとどこおり、窮乏はなはだしい、肴は麦麵や干飯やら、貧しいものだ。彼は暇々に外に出て、一揆の仲間に入ったり、盗んだり、主よりましなものを手にいれてくる。自分の口腹をみたし、妻にあたえ、朋輩にもわけたりしている。以前は強奪、略奪、ひとすじだったが、公家屋形の下人という暮らしがひとつ加わり、二重の生活を、闇は楽しんだ。

闇という名はあまりに禍々《まがまが》しいと、屋形では春王の名を与えられた。

和やかな名になると、心持ちも和らぐような錯覚を持つ。実のところ、住まいがさだまり、身分が定着したことが、彼の気分を穏やかにしたのかもしれない。

しかし、乙女と万寿は、陰では彼を闇丸と、以前のままに呼ぶ。彼に猛々しい悪の衣をまとわせておきたいというふうに。

彼は、ふたつの相反する名を一身に負った。

生来は、負けん気は強いが単純で気のよい性質だったのであろう。身を守るためには牙をむく野犬のようなものだ。

「日野家と縁を結ぶことが、お上人の助けになるというのか」

万寿の声が、庭を掃いている彼の耳にとどく。話し相手は乙女だが、万寿は自分自身に問いかけ、答を模索しているふうだ。乙女は短く相槌をうつだけだ。

「なぜ、いままで、荒れた庵に放っておかれたのか。兄も父も、庵がどのような状態であるか、知らぬのか」

「遠国におわすお上人さまはともかく、順如さまは、よう御存知であろうに」

乙女が応じている。

他のものがいないと、乙女は主従の墻《かき》をはらった口調になり、万寿もとがめてはしない。

河内枚方《ひらかた》坊に送られた、光養丸、そうして、あちらこちらの寺に遣られた、阿古女、あぐり、小子々、仙菊丸、その下のふく、松若丸、母が死の前年に生んだ最後の子・市女……、万寿は、きょうだいの名を呪文のようにつぶやく。

「死んだ小茶女の名を口にすると、胸にきりきりと痛みが走る。痛みをおぼえぬためには、石になるほかはない。こころみちたりたる居場所は、どこにもない。ないと、思いさだめれば、やすらぐのであろうか」

万寿の吐息を、何と贅沢な、と、彼は呆れた。飢えることなく、住むに困らず、寒さをしのげる布子一枚あれば、彼はみちたりる。あの女人はなにが不足なのか。

その年の初秋、順如が日野邸を訪れた。

渡殿の下を流れ南の池にそそぐ遣水《やりみず》の音が涼しい。

万寿は、光養丸の消息を順如から聞かされた。

順如の請いをいれ、日野勝光が、光養丸をも名のみではあるが猶子とした。その上で光養丸は本願寺留守職九代を、蓮如から引き継がされ、法名を実如と呼ぶことになった、というのであった。名のみでも、日野家に所縁を持つのは、教団のこの後のために有利なのであろう。

「兄者が嫡男ではおわしませぬか。ご不満はないのか」

「わたしは病弱ゆえ」

いっそう瘦せこけた兄は言ったが、兄の微笑は、万寿に不可解だった。

「ご辞退申し上げた」

「九代法主と申しても、京東山の本願寺は、焼亡したまま。光養丸さま、いえ、実如さまは、寺を持たぬ、名のみの法主でございますね。まだ河内枚方におられますのか」

順如はうなずき、

「越前、加賀は、いくさの最中じゃ」

と、話をかえた。

「富樫政親殿とその弟幸千代殿が、東西にわかれて虎狼のごとく殺戮しあい、政親殿には主家・斯波家より守護の職を奪った朝倉孝景殿が援軍につき、幸千代殿には甲斐党が一味し、おそろしい有り様じゃ」

万寿は兄をみつめた。

「吉崎は、いくさの場からは遠うございますか」

「火の粉がとどく。そればかりか、政親殿は本願寺派門徒に、合戦に力を貸せといってこられた」

「いくさに加われと？」

「お上人には手強い敵がおる」

同じ真宗の他派をこそ、お上人は、敵と目しておられる。そう、順如は言った。

なかでも最大の敵は、高田専修寺派である。宗祖親鸞の死後、真宗は、数多い派に別れ、互いに他を異端と罵り外道の法と誹りあっている。北陸には、高田派の門徒が多い。専修寺は、もとは、下野にあった。親鸞の高弟であった開祖顕智坊が、北国一帯の布教につとめた。以来、高田専修寺派は、北陸に勢力をひろげている。

そこに、本願寺派の蓮如が道場をひらいたのであるから、両派の争いは激しい。

「それゆえ、お上人は、高田派の門徒をいかなる手段をもちいてもこちらに改宗させよ、獲得せよ、と、北陸から高田派を一掃せよ、と、大坊主どもに命じておられる。高田派は、幸千代殿に加担した。本願寺派が政親殿につくのは、当然の成り行きだ」

大坊主と呼ばれるのは土豪にして道場を持ち、門徒団をみちびくものたちである。領地を持ち、あるいは、荘園の代官として支配力を有し、配下に地侍、そうして戦力となる農民たちをかかえる武力集団の頭領でもある。

「もっとも、お上人は、富樫兄弟のいくさに巻き込まれるのは不本意と」

「ならば、お上人さまは、また」

お逃げになるか。万寿は、苦笑した。

「いかにも」

兄も笑みを返した。

「湯治を兼ね山中に御文を書きに行かれ、その足で、吉崎には戻らず藤島超勝寺にまわられ、いまはそこにおわす。いくさを逃れ、京に戻りたいご意向だが、大坊主の面々が承知せぬ。いまごろは吉崎に連れ戻されてであろう」

そうして、順如はさらにつづけた。

「吉崎の繁盛は、空恐ろしいほどじゃ。信心のものばかりではない。人の寄るところには銭もうけの手が生まれる」

「兄者は、吉崎の繁盛を嗤《わろ》うておわすような」

「わたしはお上人に合力しておる」

うすい蒼い唇が笑った。柔和とも皮肉ともとれる笑顔だ。

そう順如は語り、ちょっと言葉を切ってから、

「より手強い敵は、我が一門の門徒じゃ」

苦笑まじりに言った。

「愚昧な門徒を導くのに、お上人は、たいていではない。真宗門徒が為してはならぬことというて、十一ヵ条の『定』を書かれたが、してはならぬということは、つまりは、盛んに行われておるということじゃ」

「どのような定でございましょう」

「一つ、諸神、菩薩などを軽んじてはならぬ。一つ、諸宗、諸法、すべて蔑んではならぬ」

順如は、諳んじた。

「門徒衆が、仏を軽んじる?」

「一つ、わが宗のふるまいで他宗を非難してはならぬ。一つ、物忌みは仏法の上

では無意味ではあるが、他宗ならびに世間にたいしては固く守らねばならぬ」

順如はさらにつづけた。

「一つ、本宗において正当な相承のない言説で、みだりに勝手な信仰を吹聴してはならぬ。

一つ、門徒は守護地頭を軽んじてはならぬ。

一つ、無知の身でありながら、他宗にたいして自分勝手な意見で、真宗の法義をほめてはならぬ。

一つ、わが身も安心決定しておらぬのに、人の話を受け売りして、法門をほめてはならぬ。

一つ、念仏の会合のとき、魚や鳥を食べてはならぬ」

万寿は吹き出した。

「公卿方よりよほど、門徒衆は口が奢っておるそうな」

順如はさらに、

「一つ、念仏の会合のとき、本性を失うほど、深酒をのんではならぬ。

一つ、門徒のあいだの放埒な博奕は停止する」

「なんと、吉崎の門徒衆は、洛中悪人輩より悪性とみえます」

「右、この十一ヵ条の制戒に違反するものは、断固門徒から追放する」

万寿と順如は笑い声をあわせた。兄のさわやかな笑い声をはじめて聞いたような気が、万寿はした。

まるで、父の布教がうまくゆかぬのを嘲笑っているようだと、万寿は思い、

——いったい兄者は、父の味方なのか、身中にくいこんだ敵なのか……といぶかしんだ。

「万寿も、吉崎御坊を訪ねてみとうございます」

「いくさがおさまったら、伴おうか」

「いくさの終わるときがございましょうか。待っておりましては、万寿の寿命が先に尽きます」

「それより前に、わたしの寿命がつきるだろう」

痩せた蒼い頬に笑みをみせ、そう、順如は言った

二

順如が万寿を吉崎に伴ったのは、翌文明六年の春、三月のはじめであった。

「冬のあいだは、北国は深い雪にとざされておった。根雪も溶け始めた」

「いくさの気配は？」

「雪深いあいだは、どちらも軍を動かすことは叶わぬ。おだやかな冬であったよ。雪が溶け、どうなるか。これまで、吉崎のお山が直接攻撃を受けたことはなかった。しかし、この先も安穏であるかどうか。戦火のおよばぬ前に、こなたに吉崎を見せておこうと思っての」

「では、灰になりませぬうちに」

「いくさに巻き込まれてもかまわぬか」

「兄者が、どのような思し召しで、わたしをこの左大臣の館にあずけられたのか、わたしにはわからぬ。なれど、万寿はいささか退屈いたしておりました」

万寿は微笑した。

乙女は春王とともに、供に加わった。

琵琶湖への道をとりながら、万寿は、

「山門堂衆の本願寺襲撃よりこのかた……」

と、口にした。ひとりごとめいていた。

「七つの年から明けて十六になったこの年まで九年のあいだに、わたしが身を置く場所のなんとめまぐるしく移ったことか。京から近江金が森へ、金が森から堅田へ、堅田から沖の島へ、そうして赤野井へ、大津南別所へ、再び京へ。京も、知恩院焼け跡のいかがわしい庵から左大臣の屋形まで」

流れ歩いたことをいえば、わたしのほうが凄まじかろう。乙女は思った。万寿さまは、召使に守られての旅だ。幼い身を苛まれ、犯され、売られる味はごぞんじあるまい。

「巨大な指につまみ上げられ、気まぐれに動かされたり、弾き飛ばされたりしているような思いもする」

万寿は続ける。乙女が何を思おうと、聞いていようといまいと、かまわぬというふうに。

「その指の一つは、父、お上人だ。兄者は、お上人の意によって、わたしを動かしている」

わたしは逆らわぬことにした。万寿は言った。

「視ていよう。わたしには、逆らう力はない。ならば、視つくそう。父の所行を。兄のありようを」

わたしには、夫があると、乙女は、万寿の言葉にはかかわりないことを、思った。

春王は、わたしをいつくしんでいる。

そう思うと、乙女は胸の底に小さい明るみをおぼえた。祖母や母のぬくもりを思い出した。

万寿に愛情をおぼえながら、同時にこころの奥底で、いつかはりあうようになってもいる己に、乙女は気づいた。その感情は、憎しみに似ていた。

大津から舟に乗り、琵琶湖を北上する。途中、右手に沖の島が望まれた。

「堅田の衆は、まだ、彼処に?」

万寿が、兄にたずねる声が、風に流れる。

乙女は、無関心に見過ごそうとつとめた。

今、わたしは春王とともにいる。それでいいではないか。

「堅田衆なら、堅田におる」

舟を操る水夫たちが笑った。

順如も笑みをふくみ、

「堅田衆は、とうに、村に帰っておる」

乙女は耳を疑った。

堅田はほろびてはいなかった……。五郎太郎も千熊も、だれもかれも、みな、何ごともなかったように、堅田の郷で暮らしているというのか。

では、切り裂かれたわたし、犯され、売られ、襤褸屑になったわたし、は、何なのか。

「大責めの後、上乗りと関務は三津浜の坂本衆に押さえられたが、此方らが赤野井に逃れたのち、たいそうな戦いがあって、堅田衆は坂本衆を切り崩し、打ち勝った」

そう、水夫は語る。

「それより、山門とも和議をはからい、千貫近い礼銭を山門に支払って、堅田への帰還を許された。この舟は堅田衆のものゆえ、われらは湖賊に襲われる恐れはない」

「乙女、堅田にもどるか。舟を寄せようか」

万寿の言葉に、乙女は首をふった。

「堅田の乙女は、とうに、おらぬ。わたしには堅田は、ない」

舌足らずな言葉の意味を理解したのは、万寿と順如だけのようであった。乙女の夫、春王は、他の水夫と気さくに話し合っていて、乙女の言葉は耳に入らなかったようだ。


北に遡るほど、湖水は、荒寥とする。水は青黒く、波が猛々しい。

塩津の浜で舟を下り、峠を越えて敦賀に出、海沿いに、加賀細呂木郷・吉崎に向けて、泊まりを重ねた。

細呂木街道をすすむと、不意に人家が密集する村落になった。

すべて、吉崎御坊の多屋だ、と、順如は言った。

門徒のための宿坊である。

御山の上り口に入ると頑丈な柵が行く手をはばむ。その周囲には番衆の詰所にはものものしく弓矢、薙刀、刺股など武具が飾られ、太刀を帯びた番衆があらわれたが、順如を見ると、土下座した。数人が、露払いのように先に立ち、馬場大路をのぼる。

ゆるやかな斜面に草葺の屋根が畳み重なる。これらもすべて、多屋であり、ふだんは宿坊だが、戦闘となればすべて、敵をくいとめる砦となる。

「この吉崎御坊そのものが、堅牢な城塞なのだ」

と、順如はさらに言った。

「多屋衆は、いくさの準備怠りない」

馬場大路を登りつめると鉄扉をとざした四足門《しそくもん》がそびえ、その北には鼓楼、鐘楼がのぞめた。

春草のあいだに、小さい野の花が風に揺れていた。

湖水を見下ろす頂に建つ本坊は、六間四方の檜皮葺きで、その北に庫裏がつづく。

蓮如が吉崎に来てから丸三年にみたぬあいだに、深山が砦に変貌し、門徒が群参するようになった。

父のどこに、それほど人を惹きつける力があるのか。万寿は不思議でならない。

敵の襲撃からみじめに逃げ回る父、子を生み棄てる父、病み疲れた母を追い回していたけものじみた父の影が、万寿のこころにあまりになまなましい。

他人に見せる顔は、家族に向ける顔とは異なるのであろうか。

本坊に近い多屋の一つに、一行は旅装を解いた。

多屋坊主の妻は内方と呼ばれ、門徒の世話をつとめている。その内方の一人が、

「旅のお疲れがとれますよう、湯をわかしてございます」

と、入浴をすすめた。

風呂は庫裏の裏の別小屋である。順如が汚れを落とした後で、万寿も風呂をす

すめられた。

万寿が乙女を誘おうとすると、内方は、とんでもないというふうに止めた。お供のかたがたは、井戸端で流しなされ。

万寿もひとりになりたかった。

案内された浴堂は、竈型の蒸し風呂である。塗り込めた粗壁の板戸をあけると、中は畳三枚ほどのひろさの饅頭型の窖《あなぐら》で、湯気がみちていた。

焼塩の香りがただよう。木枕に裸身を横たえ、闇の中にくつろいだ。

板戸の外には内方が番をしている。たいそうな贅沢だ。京の町中にも湯屋はあり、公卿が家族で入湯するときは町のものを差し止めるが、洛中がぶっそうだし、閉めている湯屋が多く、めったに入れなかった。屋形で、たまに据風呂をつかうぐらいだった。

施浴は供養の一つになるとされ、寺の多くは寺湯を持つ。堅田の本福寺にも湯桶を据えた浴堂があった。しかしこのような贅沢な気分になったのは初めてだ。

汗が噴きだす。それとともに、身のうちに堆積した重苦しさも溢れ流れる。

蓮如上人の娘であるゆえに、人々が頭をさげ、丁重にもてなす。

もてなされる快さは、甘い毒のように万寿をひたす。

とろりと眠気がさす。

「いかがでございましょうか」

外から内方が声をかけた。

「あまり長くおいでになると、のぼせておしまいになりますよ」

うながされ、けだるいからだを起こし、板戸を開けた。

薄い白衣で万寿をつつみ、内方は、湯をかけ、汗を流し落としてくれた。

「お美しい」

吐息まじりに、内方は言い、追従《ついしょう》かと、万寿は聞き捨てた。

部屋にもどると兄はいなかった。

話相手をするのが礼儀と心得てか、内方は、

「旅はお辛くはございませなんだか」

「お上人さまが待ちかねておわしました」

「京のいくさはどのようでございます。危ないことはございませなんだのか」

「はやいくさは終わったと聞きまいたが、まことでございますか」

万寿の身繕いに手をかしながら、あれこれとたてつづけに聞く。しばらく休んでいたい、と、万寿は、内方を去らせた。

夕餉《ゆうげ》のとき、本坊の庫裏で、ひさびさに、父に会った。明けて六十になった父は、三人目の妻を娶っていた。法名を如勝といい二十七だという。内方に配膳を指図していた。おだやかな、笑顔の明るいひとだ。万寿は悩乱の母を思った。

父を上座に、順如が父に次ぐ座を占め、主だった門弟らしいものが数人、向かい合って二列に座に加わり、万寿は下座に控えた。乙女と春王は同席を許されず、厨で夕餉をとっているはずだ。身分の差は厳然としていた。

地酒を大人たちが酌みかわすうちに、膳が運ばれた。日野家の食膳よりよほど豪華である。ぬた膾《なます》の上に湯曳きした魚を散らし盛った卯の花膾、このわた、鳥の引垂焼き、鮒の腹に結昆布やら胡桃やら芥子やら栗やらを詰めた包み焼き、葛溜をかけたあん豆腐、昆布汁などが並ぶ。

京では、禁裏も公卿も、料地荘園からの運上がとどこおり、窮乏甚だしい。主はしばしば酒宴をもよおすけれど、肴は麦麺やら干飯やら女たちが摘んできた土筆《つくし》やらで、女たちの口に入るのも、酒をのぞいて同じようなものだ。

万寿は生まれて初めて口の贅沢を味わったと思った。

念仏の会合のとき、魚や鳥を食べてはならぬという、父が発した十一ヵ条の定めの一つを思い出した。ふだんの食事であれば、精進をまもらずともよいのか。定めで禁じねばならぬというのは、たいそう盛んに放埒に行われているということなのだろう。

疲れ死んだ母や、早々と逝った二人の妹や、万寿のために死んだかもしれぬ二人の従者や、あちらこちらの寺にあずけられた弟妹たちが、喉をふさぐかたまりとなった。しかし、舌は、万寿のこころにかかわりなく性急に美味を楽しんでいた。

父はつややかに肥え、小鼻のわきは脂で濡れている。

「よう参ったの」

ひとことと、いかにもやさしげな声をかけたが、それですんだというのか、あとは万寿がいることが意識にないようすだ。十七人つくった子供の、誰が死に、誰がどのように育ったか、どこにいるか、父はこころにとめてもいないのではないか。

順如と向かいあった背の低い肩幅のひろい男は、自信ありげな断定的なしゃべりかたをする。下間蓮崇という名であった。

話題の中心は、北陸の戦闘に、いつ、吉崎門徒が参戦するかという時期の決定であった。

天下を二分した戦乱において、政親は東軍に、弟・幸千代は西軍にと、対立した。兄弟あい食むにいたるまでには複雑にからみあった事情があるが、さしあたって、吉崎にとって問題なのは、幸千代の軍が、高田派と手を結んでいることである。

越前、加賀の戦乱には、朝倉孝景、甲斐敏光の抗争がからんでいる。

去年七月、富樫幸千代は甲斐党と組み、朝倉と同盟を結ぶ兄・富樫政親に攻撃をかけた。加賀国山内庄での決戦に破れた政親は、朝倉に援軍を請うたが間に合わず、越前に逃れた。翌月、甲斐勢は、吉崎に接した光塚、蓮ガ浦に侵攻した。幸千代と連繫した加賀の高田派門徒は、各地の本願寺門徒の在所を襲撃し、殺戮放火をほしいままにしている。蓮如は、難を避け湯治の名目で山中温泉に行き、さらに藤島超勝寺に移り、京に戻ることを望んだが、多屋衆に説得され、ふたたび吉崎に立ち帰った。

吉崎に道場を建てることができたのは、朝倉家の許しと寄贈があったからで、その点でも朝倉方との縁故は深い。

加賀全域を本願寺の傘下に納めるためには、富樫政親と弟幸千代の争闘を利用するのがなによりの得策であることは、みな、承知している。下間蓮崇は、他を圧する声で、そう主張する。そうして、

「お上人さま。総大将の此方さまがおわさずば、士気はふるいませぬぞ。御文をお出しなされませ。常々仰せのごとく、〝仏法のためには一命を惜しまず〟合戦におよべと。みな猛りたっております。あさましき外道のやから、高田派を壊滅させるのは、今をおいてない。門徒衆の力を結集し、我らが陣営に加われとの富樫政親殿からの度々のご使者。もはや延引はできませぬぞ」

酔った目を蓮如にむける。

蓮如は順如にむかい、

「都では、いかがであった」

問いかけた。

「吉崎をどのように思し召しておられるかの。身が吉崎にあるは、名聞《みようもん》を得、所領をふやそうとの存念からではない。ひたすら、諸国の土民に往生極楽を説くためじゃと、おわかりくだされてであろうか」

「左大臣さまに、とくとお話し申し上げました。御台さまにも、お上人さまのご覚悟はつたわったことと存じます」

「吉崎は寒い。近頃は寄る年での、寒気は身にこたえる」

蓮如は、あぶらぎった顔に、気弱げな色をみせた。

「都にお育ちになられたお方には、春と申しましても、北国の夜は冷え込みがきびしゅうございましょう」

本坊に近い多屋の一室が、万寿の寝間にあてられた。順如は本坊に泊まる。

寝間にもどった万寿に、雑仕女《ぞうしめ》が火桶をすすめた。万寿より少し年上にみえる。手の指はひび割れていた。

「此方、名は？」

「つると申します」

と言ってから、

「もったいのうございます。婢女《はしため》の名など……」

婢女は、嬉しそうな笑顔をみせた。

「四海の信心の人、みな兄弟というのが、宗祖親鸞お上人の教えでありましょう？」

「はい、お上人さまも、そのように、おおせられます。恐れ多いことでございます」

なにが、〝みな兄弟〟か。雑仕女の荒れた手を、万寿はみつめた。

かしずくより、かしずかれるほうが、心地好い。

父も、多くの門徒衆、内方に、仏そのもののように、手厚くかしずかれている。

かしずかれながら、みな兄弟とはようも言えたものだ。

「わたくしのような愚昧《ぐまい》なものには、ひとたび弥陀の称号をとなえれば、どのようあさましい罪業を積むものも、弥陀如来のお救いにあずかれるというみ教えは、まことにありがたいことでございます」

雑仕女は、愛らしい笑顔で言った。

「お救いにあずかるとは、どういうこと?」

万寿が問い返すと、雑仕女は、驚いたように、

「それはわたくしなどより、此方さまのほうが、よう御存じ」

信頼しきったふうにあどけなく答えた。

「どういうことだと思います?」

万寿は言いつのった。

「わかりませぬ。愚鈍な生まれつきでございます。そのときになればわかりましょう。いま、すでに、お救いを受けておるのやもしれませぬ」

苛立ちが胸に炎立つのを、万寿は感じた。

乙女がここにいれば、と思った。無言で、微笑をかわしあえるだろう。その微笑には、周囲への冷笑と絶望がいりまじっていることだろう。乙女にあたえられた寝間は、万寿が宿とした宿坊に近い納屋であった。

その納屋で、乙女は春王に抱かれていた。

「坊主は気がきく」

と、春王はきげんがよい。禍々しい〝闇〟の呼び名は、似合わぬふうになっていた。食うに困らぬ暮らしが、彼の牙をすっかり丸くした。

「夫婦とみて、ふたりだけにしてくれた」

「おまえは女子とみれば、あちらこちら、目移りしておるくせに」

「焼き餅か」

と、春王は嬉しそうな顔になった。

まことに単純なお人だ、と乙女は内心わらう。

しかし、春王の単純さは、乙女には、むしろ望ましかった。

東門から西門にいたるあいだに、九つの多屋があり、他の多屋と区別されて、門内多屋と呼ばれる。直弟子の坊である。他は門外多屋と呼ばれる。家数は百を越える。

三

宿坊ばかりではない。酒屋、商家もふえた。

父が姿を見せると、越前・加賀・能登・越中、各地より群参した門徒は仏を拝むように手をあわせる。お上人は、みな兄弟の言葉のとおり、老婆にも幼児にも、気易い態度で、話しかけ、老婆などはありがたさに泣きくずれんばかりだ。

「ひたすらに阿弥陀を頼みまつれば、どのような極悪人であろうと、浄土への往生は約束される。その後はただ、朝に夕に、名号をとなえ、阿弥陀の御恩を報謝なされ。さすれば、願わずとも、今生の利福も必ず伴うものじゃ」

そうして、父はつづける。

「守護や地頭がたをも、疎略にしてはなりませぬ。年貢はおこたりなく納めねばなりませぬ。御恩と奉公、これが、大事じゃ。後生を願うにも、まず、この世に生きてあらねばならぬ。よき主をお頼み申せば、その御恩によって、寒さもしのげ、飢えることもない。その上、吉崎にまいられた方々は、仏法信心の次第をひたすらにお聞きあるゆえ、疑いもなく極楽に往生なされよう」

念仏が沸き起こる。

吉崎参りをした門徒は、村に帰って寄り合いや講で御文をつたえ、信者をふやす。寄り合いをする場所は道場と呼ばれ、その上に寺があり、それらの末寺の頂上に、吉崎があるという裾野のひろい組織がつくられつつある。

門徒のひとりひとりに、万寿は、逃げる母を抱きすくめ、狂わせ、抱き殺した父の姿をみせつけたい。雌牛かなんぞのように間なしに孕ませ、二人の女を殺し、生まれた子はあちらこちらの寺に置き棄て、いまは成人した子らを、牙城の砦として利用している父、事あれば我が身は安穏に逃げる父。

「屑、芥ではないか」

激しい言葉が、万寿の胸にわく。

醜い空虚な山。

まやかしだと、万寿ひとりが叫んだところで、だれの耳にも入らない。

これが、真実なのか。まやかしと見るわたしの目が、盲目なのか。

父はしばしば部屋に籠もり、終日、『御文』をしたためている。

その筆写を、万寿は順如から命じられた。

室で筆をとる。

「どれほど愚かなものにも、たやすく即座に得心がゆくように、書かれたものが、御文じゃ」

そう、順如は言った。

「凡夫が納得できるよう、お上人さまは、千のものを百に選び、百を十にしぼり、十を一にえりすぐって、御文を書かれる」

わが身はあさましきつみふかき身ぞとおもいて、弥陀如来を一心一向にたのみまつりて、もろもろの雑行をすてて、専修専念なれば、かならず遍照の光明のなかにおさめまいらすなり。

御文の文言に目をとおし、

「ならば、万寿は、凡夫にも劣ります。いっこうにわかりませぬ」

万寿は御文をわきにおしやった。

「偽りと、甘い言葉で飾られた、聖地とやら。連歌や賭にうつつをぬかす公家がたのほうが、よほどましじゃ」

「去りたいか」

「万寿が去っても、万寿の目に見えぬだけで、この偽りの地はいっそう栄えるのではありましょうね」

兄の視線と万寿の目は、からみあった。

「兄者のおこころを、お教えくださいませ。万寿に、何を望んでおられるのか」

すぐには答えぬ順如に、万寿は言葉をついだ。

「狂い生きよ。花咲かせて狂え。栄華をさしょう。兄者は、万寿にそう仰せられたことがある。このお山で暮らすことが、狂い生きることになりますのか。これが栄華な暮らしだとお言いやるか。いくさが近いという。いくさのなかで、死ねといわれますのか」

「いくさには、まだ間があろう。みなの意見がひとつにならぬ。お上人はいくさに加わりとうはないと言うてであるし」

順如の言葉は、万寿の問いかけへの答えにはなっていなかった。

「いくさになる前に、こなたは、都に送り返す。こなたの栄華は、その後にある」

謎めいた順如の言葉は、万寿を苛立たせせた。

「教えて給らいでもよい」

万寿は言った。

「万寿は兄者の駒ではない。兄者にどのような思惑があろうと、万寿は、操られはせぬ。万寿は、こう思います。兄者は、万寿に、視よ、と望まれたのだと。焦土の知恩院、色鬻《ひさ》ぐ尼御前。博奕に明け暮れる公卿屋形。繁盛の御山。視たあげくに、万寿が何を思い何をするか。そこまでは、兄者の思惑通りにはならぬと思し召せ」

荒い怒りを声の底にしずめ、万寿は御文を裂こうとして思い止まった。これほど多数の門徒に崇められ慕われる蓮如上人という人と、万寿の知る父とのあいだの断層。わたしの目が未だ幼いゆえに、蓮如の顔が見えぬのではないか。その疑《ぎ》懼《く》が、万寿の手を止めたのであった。

納屋の中は暗黒だが、酒のにおいは、乙女の鼻をついた。

藁をわけ、春王は隣にもぐり込む気配だ。

「だれに振る舞われた」

声をかけると、春王は、

「女じゃい」

悪さをみつけられた餓鬼がいなおるように、言った。

乙女はいっこうに腹は立たない。女をみれば抱くのが男。好き心を持たぬ男を、乙女は知らなかった。春王も同じことと思うだけだ。

どんな女子じゃ。問うたのは、嫉妬からではない。好奇心だった。

しかし、春王の答えは、乙女をゆさぶった。

御山の下に、色を鬻ぐ女の住処《すみか》が、軒を並べている。そう、春王は言ったのである。

とにもかくにも、ここは、俗世をはなれた処。そう、乙女は思っていた。——

というより、そうあってほしいと願っていたのかもしれない。それも、ひたすらに。

父であるらしいお上人には、虚偽の皮を感じるが、集まる人々は、心の救いをもとめるばかり、他人につくし、身をつつしみ、浄福を得ようとするほかに他意はない。世の中に、こういう場所があるというだけで、乙女は、いくぶんこころ安らぐ思いがしていた。

ここも、色の里か。お上人は、承知であろうに、咎めもせぬのか。

「色買うてきたか」

ものうい声で、乙女はそう応じた。

「怒るな」

「なにも、怒ってはおらぬ。好きにするがよいわ」

「その声は、怒った声だ」

たしかに乙女は怒っていた。しかし、怒りの対象は春王ではない。ここも俗世と何一つかわらぬ。

怒りは胸にたまった。

「乙女、何があった」

万寿は、するどく、乙女の不機嫌を見抜いた。

昼、乙女は万寿に仕え、春王は雑仕同様のつとめをする。日野兼顕の館にいたときと変わらなかった。

「御山の下に」

と、乙女は言った。

「色鬻ぐ女どもが、住んでおる」

「それが、不服か?」

万寿はけげんそうに問うた。

乙女はかっと腹が立った。

「いかにも、わたしも、色売っておった。売らされておった。おなじ分際のものが、不服を言うはおかしいか」

傍らに侍るつるは、女主にむかっての乙女の荒けない物言いに、はじめは驚いた目をむけていたが、このごろは我慢できぬと言いたげに、首をふったり、吐息をついてみせたりする。

乙女は、おとなしいつるに、矛先をむけた。

「おうさ、わたしは、色売って、生計《たつき》をたてておったわえ。蔑むか」

「いいえ」

「こなたの目は、わたしをさげすんでおる。咎めておる」

乙女が言いつのると、つるは、思いきったふうに言葉を返した。

「わたしがこなたを咎めるのは、万寿さまにあまりにも無礼《なめげ》な振る舞いをするからじゃ。お主《あるじ》を、あなどっておりゃる」

万寿はおもしろそうにふたりの言い争いを眺めている。いい退屈しのぎができたというふうだ。

「万寿さまは、お咎めないに、こなたが不服をいうことはあるまい」

「万寿さまはこころがお寛《ひろ》いゆえ、こなたの無礼を見過ごしておわす」

乙女は声をたてて笑った。

「万寿さま、わごりょは、こころが寛うてか」

「さて」

はぐらかすように万寿も微笑した。

「つるにはそう見えるのであろ。なれば、わたしは、こころの寛い主なのであろ」

「万寿さま、色売っておったわたしが、不服を言うをおかしいと思いやるのか。理にあわぬか」

乙女は、つるを無視し、話を戻した。

「そうは、言わぬ。思うてもおらぬ」

万寿も真面目な顔になった。

「知恩院では、尼御前が色鬻いでおった。御山の下の遊び女がおろうと、蛇《じゃ》がおろうと、鬼がおろうと、目くじらたてることもあるまいが」

「色売る女は蛇や鬼とひとつか」

「そうは言うておらぬ」

なだめるように万寿は大人びた声で言った。

「わたしが腹立たしいのは」

乙女は万寿のほうに向き直った。

「女を使って銭もうけするやつらが、この御山の下にのさばっておることじゃ」

「何ゆえ、この、御山の下にいては、ならぬ。御山も他所も、おなじであろうに」

万寿に落ちついた声で言われ、乙女は、言葉に詰まった。

同じであってほしくない、という気持ちを、どう言い表したらよいのかわからず、胸のうちから沸き起こる激しい感情をもてあまして、床を拳でたたいた。

つるは、うとましげに、そんな乙女をながめ、

「お上人さまは、そのような輩《やから》も、念仏申さばすくわれると、ねんごろにお説きになる」

と、諭した。

「こなたは、何も知らぬ愚か者じゃ」

乙女は冷然と言い捨てた。

「何が愚か」

つるは年下の乙女を相手に、むきになった。

「念仏となえて、救われるものか。念仏なら、わたしとて、何万遍唱えさせられ

たか知れぬわ」

乙女はせせら笑った。

「そりゃ、こなたが、こころの底より、お救いくだされと願わぬからじゃ」

「こなたに説教されいでも、わたしは承知じゃ」

つるを、極限まで苛《さいな》んでやりたい。乙女はその欲望を感じた。これまで、虐げられてきた。逆に虐げてやれそうな相手がようやくみつかった。

つるは、乙女の絶望の爪がつかんだ獲物であった。

乙女の目に光った憎悪を、万寿は、さとった。そう、乙女は感じた。万寿の表情はほとんど変わらなかった。

わたしのように、男どもに踏みにじられてみるがよい。乙女は声に出さず言った。

それでも、お念仏で救われるものかどうか、思い知るがよい。

これまでに味わった苦痛、悲哀、そうして、すべてが、つるへの憎悪に凝り固まった。それほどの憎しみに値しない相手であった。鬱積した苦痛が、迸《ほとばし》る出口を求めていたのだ。

乙女が思いめぐらすとき、万寿は、父に抱き殺された母を思い出していた。

母を殺し、子を憎しみの修羅に投じ、何が仏法。

父の膝下《しっか》にあって、わたしが鬼となってみしょうか。父はそれでも、平然と法を説くか。それにしても、兄のこころがわからぬ。わたしに何を望んでいるのか。兄は、父に本心協力しているのか、憎んではおられぬのか。

「わたしも人を殺《あや》めとうなった」

乙女が言うと、

「つまらぬことを」

春王は手を振った。

振ったのであろう。納屋の闇の中では、仕草は見えない。

「闇丸」

「その名は、もう、止めだ。春王と呼べ」

「闇丸は、人を殺めた」

「昔の話だ。殺めねば食えぬゆえ、殺めた。奪うために殺めた。忘れろ」

「つい、昨日のことを、昔というのか」

「遠いことだ」

「こなたは、食うために殺めたか。わたしは、殺めたいゆえ、殺める」

「だれを」

「だれでもかまわぬ。そうせねば、わたしのうちに滾《たぎ》る憎しみが、わたしを食いつくす」

「ここにおれば苦労なしに、腹を満たせる。人を殺めるのは、なかなか面倒だ。気が昂っておるときは、たやすいが、こう落ちつくと、気億劫《きおっくう》になる」

「爺むさいことをぬかす」

「われが人を殺めると、おれも此処を出ねばならぬ。此処は長閑《のどか》でよい。いくさが近いというが、いっこうに、気配はおぼえぬ。おれはこのような長閑な暮らしははじめて知った。食うに困らず、おれという頼もしい男を連れ合いに持ち、この上、われァ、なにが不足だ」

「食うに困らぬようになったら、これまでに受けた傷の深さに気づいた。いままでは、傷だらけなことに気づく余裕もない暮らしであったのだ。一度ついた傷は、二度と癒せぬ」

「執念深いの」

「わたしは、お上人の子なのだよ」

これまでだれにも告げなかったことが、ふと、口をついた。

春王はけげんそうに、

「湖賊の子だと言うたではないか」

「湖賊の女に、お上人が生ませたのが、わたしだ。だれも知らぬ。お上人も、知らぬことだが」

「なるほど、そう言えば、いつぞや、万寿さまがわれを妹と言うてであったな」

「万寿さまも知らぬことだ。妹と言うたのは、仲がよいゆえ。まことに血をわけたとは、あのお人も知らぬ」

「なぜ、告げぬ」

「証がない」

会った最初に言わなかったので、時期を逸した。母も祖母もおらぬ今、明かしても、信じるものはいまい。

「一つ、秘密を持っているのもよいものだ」

そう、乙女は言った。

「お上人は、わたしの、宿命だ」

「まことにお上人の子であるなら、もう少し手厚いもてなしをうけてもよいものをな」

春王は言い、しかし、その声はいかにも眠たげで、じきに寝息がつづいた。

乙女が蓮如の実子であろうとなかろうと、あまり関心はないのだろうと、乙女は思った。

闇の中で、乙女は、目を見開いていた。

春王は、関心がないわけではなかった。昼の労働の疲れから寝入ったまでだったので、翌日、さっそく、話題にのせた。

「われが、お上人の子というのは、まことか」

「はて。だれがそのようなことを言うた」

「われがその口で言うたではないか」

「夢であろ」

乙女がはぐらかすと、春王は自信なげに思い返す顔つきになったが、

「いや、夢ではない。われが、そう言うた」

「どうでもよいことだ」

「まことにお上人の子なら、なぜ名乗り出ぬ」

春王に口をすべらせたのを、乙女は、少し悔やんだ。

乙女にとっては、大切な秘事であった。

母と祖母の言葉の端から、直感したことである。母も祖母も、乙女にそれと明言はしなかった。

母は、お上人にも告げてはいなかったのにちがいない。

お上人が乙女を見る目は、赤の他人にたいするそれである。

証拠はいっさいないのに、名乗り出て、どうなる。

乙女にとっての真実を、偽りものの汚名で潰されるだけだ。

そう思うから、秘めとおしてきた。

お上人の隠し子。それが、わたしだ。その自認は、乙女の、唯一の、根、とも

いえた。

お上人の子。それを否定されたら、乙女のお上人にむける――お上人ばかりでない。世の中すべてにむける――憎悪は、刃先を鈍らされる。憎悪も、また、乙女の生きる根であった。

――しかし、だれかひとりに、秘事をわけもってほしい。そういう願望が、わたしのこころの底に生じていたのだろうか、春王についもらしたのは。

「いつ、親子の名乗りをする気だ」

「せぬ」

「奇態なやつだ。万寿さまにとりなしてもらえばいいではないか」

「だれにも言うな」

乙女は強く命じた。

「何故」

「鈍な男だ」

乙女は言い捨てたが、春王が好ましいのは、その鈍さのゆえだとも、思った。

鈍さは、言葉をかえれば、おおらかさであった。獣の無心に、春王は似ていた。飢えれば暴虐になるが、腹みちていれば他に害を与える気はない。春王の無心が、乙女を無為の平穏につなぎ止めていた。彼自身はそうと自覚はしていなかったが。

四

四足門《しそくもん》の北にそびえる鐘楼と鼓楼は、物見櫓をかねる。時の鐘を撞く堂とことなり、高さは背丈の十数倍はあろうと思われる。時をしらせる鐘撞堂は、別にある。ここは、変事のとき、早鐘を撞いて危機を知らせるためのものなので、大坊主どもの配下が、常時、櫓下の小屋に詰めている。夜も昼も、交代で物見が立つきまりだが、万寿と乙女が通りかかったとき、上には人影はなく、物見番たちは小屋で酒を飲みくらっていた。北越は、いくさの最中だが、吉崎は今のところ戦乱の外にある。いくさの火蓋が切られるのは、早晩、必至だが。

組んだ櫓の中央にほとんど垂直にとりつけられた梯子を、万寿と乙女は見上げた。

上ってみたいと乙女が思ったとき、万寿のほうが先に踏段に足をかけた。始終忠実に万寿につきしたがっているつるを出し抜き、ふたりだけであった。時として、わたしと万寿さまは、一つこころを持っているように感じられる。万寿につづいて梯子をのぼりながら、乙女は思った。

目的があってここにきたわけではない。散策の足が、どちらからともなく、鐘楼に向いたままでだ。

建てられてからそう長い年月は過ぎていないのに、上り下りがはげしいのだろう、踏段はすり減りささくれだっていた。

梯子は五つに区切られ、区切りごとに狭い休み場があった。

薄ら闇の胎内を上り詰め、頂上にたどりつくと、空が広がった。息を切らしながら、ふたりは笑った。天に近いところにいる快さが、自然な笑いを誘った。

本坊、庫裏、数多い多屋、すべての屋根が一望のもとにあり、そのむこうに、深い色をたたえた湖水、反対側に目をむければ、山麓にひしめく娼家の屋根も見渡せた。

物見は、ここに立つとき、天下を睥睨《へいげい》する気になるのではないか、と、乙女は思った。

供に護られ、屈曲した坂道を歩いているのは、お上人だ。肉づきのよいからだを、少し疲れたふうに、手をとった供のものにあずけ、ゆっくり歩をはこぶ。

ゆるやかに目を転じていった乙女の目が、一点に止まった。

小さい声を、乙女は洩らした。春王とつるが、親しげに話し合っている。物陰なので、人目にはつかないとふたりは思っているのだろうが、高見から見下ろせば、陰はないも同然だ。

つるが何か熱心に言いつのり、春王は少したじたじとなっているふうだ。

色鬻ぐ女と遊んだと知っても、いっこう嫉妬はおきなかったのに、つると話をかわしている春王に、乙女は不愉快になった。

万寿の目が、乙女の視線の先を追った。

つるにうながされ、春王は、ともに歩きだした。

小走りにつるは春王をみちびき、お上人の一行に追いついた。

しんがりに加わり、歩いてゆく。多屋の一つに、一行は入っていった。

すべてを眼下におさめても、家の中までは見通せぬ。

身をのりだす乙女の肩を、万寿がひき戻した。

「こなたは、あの下人が真実いとしいのか」

万寿は言った。

反射的に、乙女は首を振っていた。

わたしがいとしいのは、こなただ。そんな言葉が浮かんだ。己の身をいとおしむのにひとしい気持ちであった。

「むつまじそうだ。妬ましいか」

「意地がたたぬ」

乙女は言った。

梯子を下りたところを、見張り番に見咎められた。お上人の娘の万寿と知り、見張りは膝をついたが、危のうございますゆえ、二度とお上りになりませぬように、と言った。

「気がむけば、また来る」

万寿は言った。

その夜、春王は、浮き浮きしたふうに、

「お上人さまが、おれにじきじき声をかけて賜った」

と告げた。

「おれの悪業は、称号一度で、ゆるされたそうな」

乙女はいきなり春王の頬を張っていた。

腕をつかまれ、ひねりあげられた。そのとき、春王は、闇丸であったときの力をみせた。

おさえつけられ、撲り返されながら、

「今になって、なにが、悪業」

乙女は声をあげた。

「人を殺し、奪い、われは、身の底の底まで悪にまみれておろうが。悔やんだこともなかろうが。己を責めたこともなかったであろうが。空念仏となえて救われようなど、虫がよすぎるわ。死んだら地獄に疾う堕ちやれ。われが愚かなは知っておったが、こうも愚昧とは思わなんだ」

罵りながら男の手に嚙みついて逃れ、手当たり次第に物を投げつけた。暗闇である。どこに相手がいるのかもさだかではない。荒れ狂う怒りに、乙女は身をゆだねた。

南無阿弥陀仏の六文字に不条理をゆだねるかわりに、乙女は、六文字に爪をたて、牙をむく。春王は、肌に六文字を書いたも同然だ。物を投げる乙女を、春王はかるくあしらって、おさえつけた。そうして、痴話喧嘩ででもあるかのように、乙女のからだをとろかしにかかった。乙女はすこしも甘やかな気分にはならず、蹴り、嚙み、けもののように荒れることが快かった。はじめ手加減していた春王は、面倒になったのだろう、力まかせに張り倒し、乙女の攻撃力を奪い、しらけたように寝入った。

翌日、万寿の部屋に伺候すると、痣《あざ》と蚯蚓《みみず》腫《ば》れだらけの乙女を見て、つるが、眉をひそめ、

「どうしやった」

と訊いた。

つるを相手に何を言うも気疎《けうと》い、と、乙女は黙っていた。

「外に出よう」

と、万寿は乙女を誘った。つるには留守を申しつけた。

ふたりで、木陰の道を歩きながら、乙女は昨夜の次第を語った。

「鐘楼に上るまいか」

万寿は言った。

ふだんとかわらぬ声であった。高みにのぼりつめたときの快さを反復して味わおうというのだろう。乙女は、単純にそう思った。天下を睥睨《へいげい》するような感覚は、めったに得られるものではない。

梯子の下に、この日は男たちが屯《たむろ》しており、上ろうとするのを阻まれた。

「かしましい」

と、万寿はしりぞけ、かまわずに梯子をのぼる。乙女も後につづいた。

男どもは強いて止めようとはしなかった。禁令が出ているわけではない。お上人の娘の機嫌を損じてまで止めねばならぬすじはないのだった。

二度目なので、踏段の感覚に、足はなじんでいた。

見下ろす景色は昨日より冴えざえとあざやかだ。陰影が、ものの形を濃く刻んでいる。昨日は薄雲が陽をかくしていたのだと思いあたる。藁葺《わらぶき》の屋根の、藁の一筋一筋が、きわだって目に映る。

「それで、こなたは気がすんだか」

万寿は言った。

突然、話を前につなげたのであった。

おらび、暴れ、撲り、撲り返され、それによって確かに棄てさることのできたものもあるが、いっこう気分は軽くはならぬ。叫び暴れる相手は、春王という若い男ではない。どうあがいても抗いようもなく存在する力こそが、対象なのだということを、乙女は、言葉にはならないけれど、漠然と感じてはいた。その力は、外にもあり、身の内にもあった。つまりは、ありとあらゆるものに向かって、蟷螂の斧にひとしい拳をふりあげ、否！　と叫んでいるようなものだが、抗いようがなくとも、抗わずにはいられない。

そう、乙女は感じているのだが、的確な言葉にならず、

「否！」

と、だけ、言った。

万寿の手が、乙女の手を包んだ。

その手に力がこもり、乙女は少したじろいだ。深々と乙女をとらえた万寿の目は、怯えを与えた。万寿が、今、おそろしく真剣に、何か語りだそうとしているのを、乙女は直感した。

五

翌夜、直ちに決行した。歳熟さない少女たちにとって、逡巡や勘考は、無縁だ。思考の幅は、ごく狭い。揺れ動く余地を持たない。わずか一日一夜の猶予も、ためらいのためではなく、失敗のないやりようを考え、準備をするためであった。

彼女たちにとっては、世界は、己がからだを中心に腕のとどく範囲でしかない。その外で何が行われているか、関心もなく想像もしない。

その夜、月は十六夜であった。

乙女は、万寿の手をにぎりしめて歩く。

木の陰をえらび、月光に身を曝さぬ用心はしていた。

万寿もまた、にぎりあった手に力をこめ、ふたりの手のあいだに汗が溶け合っていた。

乙女の空いたほうの手は火をともした付け木をもち、万寿の片袖が風をふせいでいた。

からだをあまり密着させて歩むため、絹の小袖の裾に包まれた脚と短い苧布《ちょふ》の裾からのびた脚はしばしばからみあい、ふたりは足萎え同士が助け合うように、よろけた。

本坊の床下には、納屋から盗みとった藁を、前もって積み重ねておいた。前夜の仕事である。更に、無作為にえらんだ二、三の宿坊の床下にも、同じ仕掛けを施しておいた。

身をかがめ、高床の下にもぐりこみ、藁の下の方に、付け木の火をうつした。

一気に燃え上がられては困る。床下の湿りけは、ふたりに味方した。

煙を立ちのぼらせ藁がくすぶりはじめたので、ふたりははねとんで逃げ、次の宿坊に走った。

できれば、鐘楼の上で、燃える火を眺めたいと思ったのだが、見張りは、夜の方が昼より厳しい。昼は酒をくらっていても、夜は必ず不寝番が櫓の上下に立つ。それゆえ、ことのすんだあとはそれぞれの寝所に戻ると決めていた。すなわち、乙女は、春王と共寝の納屋である。

もつれあって走る姿は、鐘楼の上の物見の目に、むささびと映ったか。それとも、目を逃れ得たのか。誰何《すいか》するものはなかった。

ようやく、結びあった手を離した。無理にひきはがすような感覚を乙女はおぼえ、万寿も同様に感じていると思った。

うなずきかわして、別れ、走った。

納屋の戸を開けると軋んだ音をたてた。

さしこんだ月光の帯なかに、春王の足先が見えた。

戸を閉め、乙女は、藁の山に頭をつっこんだ。

歯の根が痛み、それまで食いしばりつづけていたと気づいた。

早鐘が鳴るより先に、春王が、身を起こした。

「何やら燃えるにおいがする」

戦乱の京に身をおいて、強盗放火をかさねた春王は、危険の兆候に敏感だった。

戸を引き開けた。

「気のせいか」

つぶやいて、横たわる。

乙女は、藁山から起き上がり、戸口に立った。

まだ、火の粉も見えぬ。

乙女は、待った。万寿はどのようにすごしているか、と思った。

床下の藁に燃えついた火が、床を焼き、柱を焼き、藁屋根にまで這いのぼって、はじめて、鐘楼の見張りの目にとどくのだろう。

このまま何事も起こらず朝になるのだろうか。ほうっと息をつき、次の瞬間、少しずつ勢いをます炎を思い失神しそうに息苦しくなる。そのとき、乙女の目は、夜空に一点の火の粉が螺旋を描きながら上るのをみとめた。次いで、早鐘が鳴り響くのと、夜空が金蒔絵のように華やぐのが、同時であった。

いつのまにか並び立っていた春王が、逃げろ、とわめいて乙女の手をつかみ、走り出した。

「逃げろ。いくさにまきこまれるぞ。夜襲だ」

乙女は手刀で、春王の手首を打った。

摑んだ手は離れたが、反射的に、もう一方の手がひるがえり、春王は乙女の頬を打った。

よろめいて膝をついた乙女をひったて、春王はやみくもに走り出した。

そのとき、乙女のこころに、このまま春王にすがりついて、万寿の影のささぬところに逃げてしまいたい、という思いが生じた。同時に、放火の果てを見つくさいでか、とも思った。しかし、燃え盛り、襲いかかる炎の津波は、本能的に人を脅えさせる。乙女は、逃げ走った。

だれもが、いくさ、と思い、混乱は激しさをました。

火の粉は風にあおられ、藁屋根から藁屋根に飛び、多屋を燃え上がらせた。本坊からも多屋からも、非戦闘員の女たちがまろび出、男は僧侶も有髪の門徒もいっせいに武器をとったが、敵の姿はさだかではない。

燃える多屋をめがけて、矢を射かけたのは、そこにこそ敵が、と思いあやまったためである。

冷静に考えれば、麓に敵軍はおらず、頂上の本坊がまず出火したことから、敵の夜襲ではないことは明らかなのだが、人々がそうと気づいたのは、曙光が家々の残骸を黒く浮きださせてからであった。

怪我人と死者がそこここに重なってたおれ、泥にまみれていた。

転んだ上を踏み潰された者もいれば、肩や胸に矢を立て呻吟している者もいた。

炎は、南大門から北大門までを走り抜けたと見えた。焼亡したのは、本坊の他に多屋九房。火のとどかぬ門外に逃れた人々が、次第に集まってきた。

乙女もまた、戻ってきた。

夜襲ではないとなれば、敵の細作《さいさく》が入り込んで火を放ったか。そう取り沙汰された。

蓮如の寝間である庫裏の書院に、焼死体が一つ見出された。

蓮如の側近の一人であった。置き忘れられた聖教をとりに火中に飛び込み、煙にまかれ絶息したと判明した。

からだの芯がだるく、乙女は地に腰をおろした。

藁や柱の焦げるにおいに、黴のにおいがまじった。付け木を手に床下にもぐったとき鼻孔が感じたものを、嗅覚が思いだしているのだ。

燃えるものがなくなるまで、火は盛りつづけたので、焼け跡は見通しがよい。焼失したのは、わたしの、過ぎた時、そうして、この先にのびる時、だ。そう、乙女は感じた。

身のまわりに在るのは、煤ぼけた空白ばかりであった。

空白のなかに、死者がころがり、手負いが呻いていた。

乙女は掠り傷も負ってはいなかったが、全身が赤肌剝けたようにひりひり痛んだ。

終わった。この先に、何もありはしない。虚脱感が、乙女を捉えつくした。

人影のない林に、乙女は歩み入った。

髪の毛一すじほどの違いで、乙女は、さらに生きたかもしれない。後悔も恐れも感じてはいなかった。終わったという感覚のほか、何もなかったのである。そのとき、春王でもかたわらにおり、強引に生きるほうへひきずれば、そこからまた、否応なしに日々は動きはじめたのかもしれない。混乱の中で、春王とはわかれわかれになっていた。

木洩れ日はたいそうあざやかで、腕に暖かい斑紋をつくった。

放火は、せいいっぱいの、『否！』の具現であった。結果の惨憺も、無益も、知るところではなかった。道の極に断崖があり、足がおのずと空に踏み出すように、おそろしく晴れやかな空無のなかで、乙女は、死に踏み出した。

南大門の外の、火を浴びなかった多屋の一つに、万寿は避難していた。

炎上からまる二日たった。

居所を失った人々が焼け残った多屋に逃げ込み、どの家もごったがえしていた。

「高田派か、幸千代殿の手のものか、細作がしのび入り、火を放ったとか。恐ろしいことでございます」

「幸い、お上人さまは恙《つつが》のう難をお逃れあそばしまして、西念寺の多屋においでになります」

内方たちが口々に、万寿をなぐさめるように言う。

万寿は目を閉じ、端座している。

瞼を開いたのは、内方の一人が乙女の縊死を告げにきたときであった。

乙女の消息は気にかかっていた。混乱の中、わたしがどこにいるかわからず、あの坊、この坊と、たずね歩いているのではないか。そう思っていた。

「雑仕女のことでお耳を汚すまでもないと思いましたが、京よりともなわれたお気に入りでありましたゆえ、申し上げます」

「人違いであろう」

そう言いながら、万寿は立ち上がっていた。

死者は、多屋の一つに集められてあった。七つか八つの骸の一番端に、乙女のからだはあった。裾の方で、坊主がふたり、ぼそぼそと念仏をとなえていた。つるの骸もそのなかにあった。

殉難のお人がたは、明日、法要をし、埋葬いたします。と坊主のひとりが言った。

「しかし、この婢女は、なにゆえ、みずから命を絶ったのか、はかりかねます。騒ぎのさなかに、男に身を汚されでもしたか。下人の夫がおりますそうなが、どこへ逃げたものやら、顔をみせませぬ」

万寿は床に膝をつき、乙女の手にふれてみた。

死者はいくたびも目にしてきた。母の死を見、妹の死を見た。乙女の咽のまわりには、食い込んだ紐の痕があった。

なぜ、自死したのか、万寿にはわからなかった。

まさか、錯乱もすまいに。

わたしたちは、世を、つき動かした。ほんのわずかではあろうが、これまで、外の力に流されていたわたしとこなたが、初めて、流れにさからったのではないか。

声には出さず語りかけながら、万寿はひどく疲れている自分に気づいた。乙女はこの疲れに耐えきれなかったのだろうか。そう思った。

万寿が乙女を身近に感じたのは、そのときであった。

肌がふれあうような感触があった。

身のうちに、乙女が入った。そう、万寿は実感した。

床に、乙女の骸を見ながら、万寿は、おのれのからだを抱くように、胸のまえに腕を交わした。

ひそかな囁き声をきいたように思った。

耳にきこえる声ではなかった。言葉が耳の奥に浮かんだというほうが正確であろう。

明瞭には聞きとれなかった。乙女が話しかけようとしているのだと、万寿は感じた。

わたしたちは、ひとつになった。

万寿は、かすかな声に、無言で和した。

五之章　静寂の庭

一

木挽が木を切る音、槌や鑿の音、本坊、宿坊を建て直すせわしい音を背に、万寿は山をおり、帰途につく。

往路と同じく、順如も同行し、従者がふたりついた。春王は、乙女の死を知ると、姿を消した。悲しんでいるのかどうか、春王の表情からは、万寿は推察できなかった。多くの死者を見てきた春王は、乙女も死んだか、と、その程度の感慨しかないのかもしれなかった。自死であることにめんくらっているふうでもあった。死とは隣り合わせの日常である。せっかく在る命をなぜみずから棄てるのか、春王には理解の外であるようだった。

途中、父が身を寄せている火を免れた宿坊に、挨拶のため立ち寄った。大坊主の何人かが、蓮如の周囲につめかけており、談合の最中であった。父は、待ち兼ねたように、順如を隣席に呼んだ。万寿は次の間にひかえたが、開いた板戸のむこうの様子は見てとれた。

上座に座った武将とおぼしい男は、富樫政親の使者と知れた。火災の見舞いと、兵を挙げる要請を兼ねている。加賀一円の支配が成ったときは、守護の力で高田派を駆逐し、本願寺教団の発展と安堵を保証するゆえ、見返りに助勢せよと、これまでにも、しばしば申し入れて来ている。

肥えた父の脂ののった頬は、三十三歳の順如よりよほど艶やかだと、万寿は見くらべる。六十といえば、人の常命はとうにすぎている。枯れ木のようであってもよい齢だが、常人を超えた精気が、人をひきつけるのだろうか。

順如はますます顔色蒼く、瞼の下はくろずみ、頬の肉は削げた。

使者をむかえ、気炎をあげている大坊主たちのなかに、万寿も顔をみおぼえた蓮崇がいた。

「われらは日頃、お上人さまから、どのような手段を講じても高田派の門徒をこちらに奪え、高田派は仏法にあるまじきあさましき外道の法、祖師親鸞お上人のご門人でありながら、真宗を乱す異端、法敵、と、み教えをうけております。富樫政親殿よりの合力の要請は、望むところ。お上人さまの一声があれば、吉崎ばかりではない、加賀一円の門徒、こぞって蹶起いたします」

蓮崇は声を高めた。

「富樫殿には是非とも勝っていただかねばならぬ。幸千代殿が勝利を得たなれば、その庇護をうくる高田派に、吉崎をはじめ、加賀、越前、北陸のわが一門は蹂躪さるるは必定。しかし、いったん、われらが勝利を得なば、北越ばかりではない、日本全土に真宗をひろめる好機となります」

「いかにも」

蓮如が口を開くと、一同はしずまった。

「その議は、これにある順如が、上洛し、戻るまで、待たれよ」

皆の目が順如に集まる。

「われらとて、立たずばなるまい。責めはひとえに、本願寺門徒を迫害する幸千代の党と結んだ高田派の悪業にある。本願寺門徒衆が政親殿と結ぶは、道理に叶うておる。しかし、合戦が、本願寺の私事とみなされてはならぬゆえ、公方さまより奉書を下し賜るよう、順如がお願いにあがる」

「それは何よりの御分別」

使者が感じ入ったように手を打った。

「されば、暫時、親子語らう時をお貸しあれ」

別間に移ると、蓮如は、

「こなた、京にまいったなら、吉崎にどのような騒動がおころうと、蓮如の本意ではないと、よくよく、堂上方に言上してたもれ」

順如の袖をつかんで言った。

「吉崎は、いくさは必至となった。かならず、奉書をいただいて参れよ」

順如の蒼い頬に、薄い笑いを、万寿は見た。

万寿は蓮如と言葉をかわすときはほとんどなく、宿坊を発った。

「お上人は卑怯じゃ」

万寿は言った。

「一方で火の手をあおりながら、ご自身は、責めをのがれようとなさる」

「お上人が責めを負うては、本願寺の復興、興隆は、成りがたい。お上人は、いわば、真宗一門の大旆《たいはい》。常に、無事、無傷におわさねばならぬ」

順如は答えた。

「ならば、兄者が大旆になられたらよい。何故、お上人でのうてはなりませぬ？」

「わたしでは、器量が足りぬ」

「お上人に、器量があってか」

少し離れてしたがう従者に聞こえぬよう、声は低く、

「あのお人が尊いか。世の中の衆は、目が見えぬのか。あのお人にたぶらかされてか」

「お上人は、世に珍かなほど、無邪気だ」

と、順如は言った。

「己が正しさに、微塵《みじん》の疑いも持たれぬ。それゆえ、強い」

わたしは、と、順如は言った。

「弱い」

そうして、

「弱いゆえ」

とつづけた。

「強いものを憎む」

「とうとう、お言いやった」

万寿の声は少しはずんだ。

「兄者は、お上人を憎んでじゃ」

「憎まいでか」

順如は言い、目を閉じた。

「少し休もう」

かたわらの草むらに、順如は腰をおろした。

万寿もそれにならった。草は湿っていた。ふたりの従者は、はなれたところに立って待つ。

「お上人は」

と、順如は目を宙にあずけ、言った。

「十悪五逆の罪人も、五障三従の女人も、貴賤の別なく、弥陀は平等に救いたまうという祖師親鸞上人の御教えを、凡愚にものみこめるようにやさしゅう説かれる。それゆえ、無学なものも、ありがたや、とお上人をあがめる」

万寿が言葉をかえそうとするのを押さえ、

「それとともにな、お上人が巧みなのは、農民の頭に立つ名主農民をまず、味方につけたことじゃ」

名主農民は、土着の武士、地侍をさす。名主が門徒になれば、統制される農民たちは、おのずと、一村こぞって門徒に加わる。蓮如は、この戦法で、教線をひろげてきた。

「お上人は、自らがなすことは、すべて、これ、み仏のためと、確信しておられる。その信念が、わたしは、憎い。亀裂やら矛盾やら、お上人は、まるで気にかけられない。晴朗におわす。わたしは、亀裂、矛盾、傷ばかりが目につく」

わたしはお上人の片腕となってきた。と、順如はつづける。

「一方で、お上人のため、真宗のため、働きながら、それを打ち壊したい、瓦解させたい、と望んでおる。お上人の晴朗な目が、曇りを、傷を、みとめざるを得ないように」

順如が辞をついだとき、万寿は、言葉をはさんだ。

「わたしに、何をお望みか」

吉崎を焼いたはわたしと、兄は知ってか。自らの意志で放火したと思ったが、兄にあやつられたのか。

「京の地獄、吉崎の極楽をながめつくしたか」

兄に言われ、

「まだまだ」

万寿は応じた。

放火は、兄には告げまい。乙女とわたしのみの秘事じゃ。

乙女はいま、わたしのなかで眠っている。そう、万寿は感じた。

二

将軍職を幼い嫡子義尚に譲った義政は、室町第に夫人富子と義尚をおき、自身は細川勝元が遊覧所として造った小川殿《こかわ》を借り、隠居所としている。いったん日野家に立ち寄り、身なりをととのえた後、順如は万寿をともない、小川殿に伺候した。

花の御所の西、小川のほとりに建つ屋形である。寝殿もない狭小な造りだが、常御所は畳を敷き詰めた書院造りがとりいれられ、落間には茶の湯の間が設けられてある。

座敷の正面の床の間は水墨の軸を飾り、違い棚に置かれた香炉が、しずかに薫香を立ちのぼらせている。

敷居をへだてた次の間に順如はひかえ、庭をほめた。

大小の青石が連山渓谷をつくり、植え込みが深みをまし、小川の水をひきこんだ滝は石の肌をつたって池に流れ落ちる。

「これが、いつぞや申しました妹でございます」

庭に見惚れている万寿の耳を、順如の声がかすめた。

両軍和睦の風聞はひろまりはじめ、焼け落ちた一条戻り橋もかけなおされた。しかし、洛中のいくさはまだ終焉したわけではなく、小競り合いや放火略奪は、所々で行われている。

荒廃と暴虐のただなかにあって、小川殿の垣内には、いくさの気配は微塵も侵入してはいなかった。

このような静寂と美が、世に存在することを、万寿は、初めて知った。垣の外で矢玉とびかい剣が火花をちらし、血しぶきがあがり、玉虫色の血溜まりが地をおおう最中、義政はひたすら、作庭に心魂をそそいだのであった。その結実が、万寿が見惚れるこの庭である。王朝の寝殿造の写景の庭と、石組によって心的世界を象徴する中世の作庭が融合していた。

去年政権を投げ出し隠棲したという先入観で見るせいか、明けて三十九の義政は、六十の蓮如より肌にはりがないように、万寿の目には見えた。

順如が、父に命じられた奉書の下賜を義政に頼んでいる。

「政治向きのことは、室町第に申せ」

脇息《きょうそく》にもたれた義政はうっとうしげにさえぎる。朱塗りの大盃に、かたわらの侍童が、たえず、酒をみたす。

「将軍の花押《かおう》がのうては、何の役にもたつまい。御台に頼め」

御台、すなわち、富子の方である。富子の生家日野家の息女は、代々将軍家の正室に迎えられている。全国に戦火がひろまったこの度の大乱の原因の一つに、将軍家の継子の問題があった。正妻富子に男子が生まれないので、義政はすでに出家していた異母弟を還俗させ、後継者にさだめた。異母弟は再三辞退したが、この後もし富子が男児を出生したらただちに僧籍にいれ、後嗣争いはさせぬと誓言した。富子が男児に恵まれたのは、その翌年である。御台が帝と姦通してみごもった子だと、噂された。真偽のただしようはない。富子は嫡子の出家を断固こばみ、山名宗全を後楯にした。義政の還俗した異母弟・義視の後見役は細川勝元である。義政は富子に押し切られ、義視を廃嫡した。山名、細川の両家がまた、同じような家督問題をかかえていた。勝元の正室は宗全の娘であるが、子がないため、宗全の子を養子にした。ところがその後実子が生まれ、勝元は養子を寺に入れた。それまで二重の縁で結ばれていた両家は決裂した。細川は義視を、山名は富子の実子義尚を、それぞれ旗印にいただき、いくさの大義名分としたのであった。

「御台に、そちが裸身を曝《さら》すか」

義政は、順如に、さらりと言葉を投げた。

万寿の耳にその言葉はとまった。万寿は、思いだした。

順如は、少年のころ、義政の寵童であったことがあり、いま堂上方に顔がきくのは、その縁故によると、聞いたおぼえがある。たいそうな美童であったそうだ。寵童というものが具体的にどうあるのか、万寿はこれまで想像したこともなかったが、義政の一言から、察しがついた。

「御台は、いま、男とともにおるゆえ、そちに目をくれるかどうかわからぬが」

義政は言った。男とは、今上《きんじよう》を指している。帝は室町第にうつり、富子と起居をともにしている。義尚が今上の隠し子との噂が真実であれば、室町第は親子水入らずということになる。今上を室町第に移したのは、逸早く、錦旗を確保するためである。帝の居所に刃をむけるものは、理の是非にかかわらず、賊の汚名をこうむる。

万寿は、庭に心を奪われていた。

義政と兄のかわす会話は耳を素通りした。

数奇《すき》をこらした庭園は、洛中に数多い。万寿はそれらを目にする折りはこれまでになかった。生まれ育った本願寺は貧しく荒れていたし、七つの年から都を落ち、転々としてきた。戻ったとき、京は戦火に焼かれ、かつては美しかったであろう知恩院も日野邸も、庭は名園の俤をとどめていなかった。

万寿がこの狭小ではあるが贅をこらした庭に魅了されたのは、外の力に侵されることを拒否する意志を、見たゆえであった。塀は力ずくで壊せばたやすく崩れる築地である。洛中のあまたの屋形は、粗暴な力で蹂躙され、御所でさえ例外ではない。それなのに、この屋形のみは、端然とした形を維持しつづけている。

外の、巨大な力に流され、動かされ、大海にただよう藁屑としてしか生きてこられなかった万寿が、ただひとつ、自らの意志によってなした行為が、吉崎の放火であった。

床下の藁束に火を放ったとき、身のうちに澱み溜まった力は、こころよく炸裂した。

一生のうちするべきことは、あの一瞬にしつくしてしまった。しかし、世の動きに、微風ほどの影響もあたえはしなかった。父は無傷であり、吉崎は再建されつつある。

後は、余生だ。十六歳の万寿は、そう感じていた。乙女も、同様な感覚を持ったのであろう。もはや、生も死も、意味を持たなくなったゆえ、乙女は自死したのだろう。そう、万寿は思う。自死した乙女は、万寿に包まれて睡っている。

余生をすごすのに、この庭は、こよなく好ましい。

胸の奥に、幽かな痛みをおぼえた。乙女が身じろぎしたように、万寿は感じた。


順如は万寿を小川殿において去った。順如の本拠は近江顕証寺である。万寿の同母の弟、仙菊丸が、剃髪し蓮淳《れんじゅん》と改名して、その寺にいる。

万寿はその夜、義政の寝所に入れられた。

こなたを側室に献上するのだと、順如は言っていた。

万寿は、少し不思議な気がした。蓮如の子らは、男子も女子も出家させられている。女子は坊主の内室となったものもいる。異母の長姉は常楽寺の室となり、万寿が順如にともなわれ戦乱の京に帰った文明三年に没したという。次姉は剃髪し、父とともに吉崎の道場にあったが、万寿が訪れる前、文明四年に没している。三番目の異母姉は、摂津の教行寺にある。いずれも、万寿は顔も知らないのだが。同母の妹、あぐりは、あずけられていた興行寺の住持の室となったときいた。幼いものたちは、それぞれ所々の寺にあずけられている。万寿も蓮如の子であるからは、いつかは、尼か、寺の内室か、二つの道しかない、選択のすべはないのだと、漠然と思っていた。

兄の指が、わたしをつまみあげ、また、駒のように動かした。そう、万寿は思う。

傀儡にあやつられる木偶《でく》のようではあるが、万寿は、みずからの意志で行動しないことが、逆に、おのれの主張になっていると感じる。

順如は、父の信念が憎いと言った。父のために働きながら、同時に打ち壊したい、瓦解させたいと願っていると、こころの底を語った。

万寿を義政の側室にさしだすことは、かなり前から懸案になっていたのだという。

日野家の養女分とされたのは、そのためであるし、日野邸におかれたのは、堂上の行儀見習いのためだと、順如は明かした。その前に荒廃した知恩院においたのは、日野家との話し合いがととのうまでの、仮住まいであった。

公方の側室ともなれば、あのような暮らしを知ることはあるまいからの。そう、順如は言った。

視よ、という順如の意志は感じていたし、万寿も、われから、視た。視たあげくが、吉崎放火であった。順如が望んだことであろうとなかろうと、あの行為は、わたしの欲したことである。此度、将軍の妾として、わたしに何をなせと、兄は望んでいるのか。

お上人も承知のことか。

万寿の問いに、順如はうなずいた。

本願寺のために、公方さまに力添えをたのむ、わたしは、その代償か。

そうだ。順如は言ったが、公方さまには、世をうごかす力はないのだが、と、薄笑いとともにつけくわえた。まこと権勢を掌握しておわすのは、御正室さまじゃ。側室をさしだすとは、まこと、御正室さまの意にそわぬことであろうずよの。

寝所にみちびかれながら、父の手から必死に逃れようとする母、孕み、産み、乳首の爆ぜ割れた母、が、浮かんだ。男から男に売られ、身を苛まれたと語った乙女の言葉もよみがえる。しかし、褥に横たわったとき、万寿は、乙女がいやがってはいないように思えた。男に荒らしつくされた乙女の肌は、同時に悦びをも知っているのだろう。万寿は、脅え、嫌悪とともに、幾分の好奇心、期待も持って、はじめて触れる男の手の下で身をこわばらせた。

若い娘のからだは、義政にとって少しも珍しいものではないのであろう。半ば義務のように、義政は、万寿を組み敷いた。

万寿は不快なだけだが、乙女が慣れたふうにもてなすのを、万寿は感じた。

左京大夫と、名を与えられた。

娘を献上したことが、蓮如の事業に幾許《いくばく》か役にたったのか否か、万寿にはわからなかった。

三

七月、加賀の本願寺門徒は、富樫政親に加勢して幸千代・高田派の連合軍に大攻撃をかけた。順如と母を同じくする次男蓮乗は、越中瑞泉寺・二俣本泉寺に兼住し、三男蓮綱は加賀波佐谷の松岡寺に在り、四男蓮誓は吉崎の鹿島にいて、戦闘の指揮にあたっている。各寺に息子をおいた父のやりようは、戦闘にあたって、みごとな布陣になっていた。

いくさがおさまるかに見えた洛中は、六月下旬、西軍の足軽が上京中御門のあたりで、同じ西軍の大内政弘の兵と同士打ちをはじめたのがきっかけで、乱が再燃した。

大内勢は下京油小路に砦をかまえ、四条坊門から大宮の法華堂、本能寺、猪熊、堀川、あたりまでおさえて陣取り、畠山義就《よしなり》の軍は二条から三条のあいだをおさえた。

わずかに焼け残っていた民家は放火の対象となった。

小川殿の庭は、静寂と端整な美が、騒擾をはねのけていた。

邸内が常に寂寞としていたわけではない。義政は酒を過ごし、寵童と乱《らん》がわしくたわむれ、能役者を呼び猿楽を舞わせた。

しかし、庭の静謐は侵されなかった。

侵されぬ庭が、万寿の目に映っていた。見たいものばかりを見る少女の特権を、万寿が無意識に使っていたとも言える。

義政によってからだは女にされながら、万寿は、かたくなに、無力なそうして潔癖で狭量な少女でありつづける。男の手を悦ぶ女は、万寿のなかに棲む乙女である。

加賀の戦闘は、本願寺派と政親の連合軍の圧倒的な勝利に終わった。高田派は一掃され、加賀は本願寺派の支配するところとなった。門徒の死者は二千をこえると、つたわった。それを聞いたとき、万寿は、吉崎放火による死者を思った。父も、わたしも、人を死なせたということでは同じだ。

勝ちに乗じた本願寺門徒衆の主たるものたち、すなわち、村々の地侍、名主農民らは、土地支配権の拡大をもとめ、年貢未進、荘園横領、諸仏諸神の廃棄に走りはじめた。守護や他の社寺におさめる年貢は、すべて仏のものとして坊主への志納金とさせたのである。守護の地位についた富樫政親と、利害が相反した。富樫政親は本願寺派を圧迫し、北越の門徒は、対抗して、翌文明七年またも蹶起した。蓮如は戦乱を避け、吉崎を退去し、小浜に移ったと、万寿は、順如からの便りで知った。この年、京は、いくさの散発とともに、水火風の災害があいついだ。

二月初旬、大地震がおこり、二十日夜には大火が紫野今宮から西大路北野まで十六町を炎上させ、三月には大風が吹き荒れ、五月下旬、小川、鴨川が氾濫した。

小川殿も床上三尺まで水につかり、水がひいたあとの庭は、倒木が散乱し、岩は押し流され、景観はだいなしになった。巣をこわされた蟻のように、義政は、庭の修築に執心し、事細かに指図した。

日本一国をとりしきる地位にある人の視野に、掌のような狭い場所しか映っていないのが万寿には不思議にも滑稽にも思えたが、その狭小の庭が完成したとき、包含する深さがふたたび万寿を魅了した。しかし、最初のあまりにも大きかった感動は、ふたたび呼び戻すべくもなかった。

――現実にはない庭を、あのとき、わたしは視たのかもしれない。

逍遥しながら、万寿は思う。胎児のように身をまるめ、万寿のなかに睡る乙女は、万寿の意志にかかわりなく目の底に浮かび、ときに幽《かす》かに身じろぎした。

乙女は庭にはいっこう興味をもたないのだと万寿は思い、少し寂しい気がした。我が分身のような相手である。重なりあわぬ部分があるということを認めるのは、少女の驕慢を保ちつづける万寿には、意にそまないのだが、死者である相手はこちらの儘にはならぬ。

順如はときおり、大津の顕証寺から上洛し、小川殿に伺候した。

父が小浜から河内に移住したことを兄から告げられたとき、

「お上人がどこで何をなさろうと、わたしにはかかわりない」

い。

万寿は言い捨てた。

望むがままに父は生き、他を踏みつぶしながら、己がありように疑いを持たな

「後生楽なことじゃ」

兄と庭をそぞろ歩きながら、一言、万寿は言った。

「『生きておるものはすなわち、狂うておる。此方は生きておる。ならば、花咲かせて狂え』いつぞや、兄者は、そうおおせであった」

狂うて生きよ。生き狂いに生きよ。狂わいで、なんとして生きらりょう。生きておるものはすなわち、狂うておる。此方は生きておる。ならば、花咲かせて狂え。

兄の言った言葉を耳によみがえらせ、

「こなたに栄華をさしょう。そう、兄者はおおせられた。いまの万寿の暮らしが、兄者の言われる栄華か」

「まだ、不足か。望みがあらば、あとは、こなたの才覚じゃ。わたしはこなたを、栄耀栄華のなかにおいてやった」

「わたしは」

と、万寿は、秘めておくつもりだったことを口にした。

「すでに、狂い生きた。火の玉を咲かせたわえ」

順如は、うなずいた。

「こなたの所業をみるのが、わたしは、楽しい」

そう、順如は言った。

「こなたはな、わたしが丹精の花じゃ。枝をたわめ、移し替え、どのような花が開くか、まことに、楽しい」

半ば狂い生きる兄を、万寿は、視る。

「死人となった乙女は、倖せじゃ」

万寿は、つぶやく。

「生きるとは、悪をなすことじゃ。善をなすとは、悪をなすことじゃ。のう、兄者。そうではございませぬか。お上人がそのよい手本じゃ。大きい善をなそうとすれば、悪もまた肥大する。悪をなさぬためには、何もせぬことじゃ」

火を放つは、悪であろうの。万寿は言葉をついだ。

「何人かが死んだ。なれど、万寿は、いっこうに、悔悟、慙愧の念が起きぬ。もし、同じ生をくりかえさば、同じ所業をするであろ」

小さい吐息を、我しらずついた。

「万寿が火を放ち、人を死なしめても、世の流れは、何も変わりはせぬ。虚しいなあ」

それゆえ、と、言葉はほとんど声にならないのに気づかず、万寿はつづける。石と語らうほかはない。庭の石や木や水のなかに、身を溶けいらせれば、死んだ乙女に近うなる。

ふと、万寿は、我にかえる。傍らに、だれもいないではないか。

順如は、いない。幻の順如と、語り合っていたのだ。わたしも、半ば狂うたか。

四

翌年、万寿が十八の冬――正確にいえば、十一月十三日、室町第が焼亡した。西半町ほどのところの土倉・酒屋が放火され、燃え広がった火に類焼したのである。

御台富子と将軍義尚、そうして今上帝が、小川殿に移ってきた。ただでさえ手狭な小川殿に、人がごったがえした。

義政と御台のあいだの冷やかさは、万寿の目にさえあきらかに見えた。

万寿が間近に見る富子は、意志の強靭さにふさわしい鰓《えら》のはった顎をもっていた。

東軍、西軍の別なく、富子が大名たちに金銭を貸し、関所を経営し、理財にはげみ、衰退した幕府の財政をまかなっているということは、知れわたっている。

御台と帝の交情は、傍目にも濃やかであった。

帝は富子より二つ年下の三十五歳、義政とは六歳の差だが、三十にもみたぬように若く頼りなくみえた。十二歳の義尚は、癇癖の強い痩せた少年であった。帝との姦通による子だという噂がたつのもむりはないほど、義政には少しも似ていなかった。

小川殿におかれた側室は数人いたが、一番新しく年も一番若い、そうして怜悧さが顔にあらわれている万寿は、富子にとって、ひどく目障りに感じられたようだ。

義政は、それまで、万寿をかくべつ偏愛していたわけではなかった。我儘や贅沢は言わないけれど、まめまめしく仕えもせず、諸事傍観的な万寿を、義政はいくぶんけむたがっているようだった。しかし、御台がどうやら万寿に嫉妬心をもったようだとみると、義政は富子のまえでことさら万寿をいとしむ様子をみせた。

もっとも、富子も夫のまえで帝とたわむれてみせ、そのやりとりを夫婦で興がっているようすも感じられた。

加賀北越の本願寺門徒の一揆は富樫政親の軍に大敗を喫し、蓮如の吉崎退去によって気勢をそがれ、いささか下火になったものの、撃破されたものたちは、蓮如の次男・蓮乗が司る越中東砺波郡井波の瑞泉寺や四男蓮誓をいただく西砺波郡の土山道場などを頼って逃げのび、勢力を回復し、各地で一揆が頻発していた。

義尚は、万寿になついた。大人ばかりの屋形である。年若い万寿に親しみをおぼえたのだろう。帝もまた、万寿に目をむける気配があらわになった。

寵のうすい妃であるなら、譲れと帝は言い、義尚も、万寿を賜れと父にねだった。義政は、少年のころ、十五、六も年上の今参局《いままいりのつぼね》を寵愛している。それを思えば、七つ年上の万寿を欲するのを、義政が咎めるすじあいではない。

しかし、富子はもちろん許さず、手早い処置を講じた。

小川殿があまりに狭いことを言いたて、翌春、帝を富子の実母三位禅尼の住む北小路殿に移し、万寿には剃髪して庵室に入ることを命じた。

義政が富子にあっさり屈したのは、見返りに、彼が切望している新しい山荘造営に富子が資金の調達に手を貸そうと申し出たからである。

金銭に見返られたことは、万寿の矜持をいささか傷つけた。

父蓮如の思惑は見当はずれであったと、万寿は、少し笑った。

金力と政治力を持つのは、義政ではなく、富子である。義政に側室を献じることが、富子の気に入る道理はない。

半ば狂い半ば死者として生きる身には、何処も同じと思いもしたが、髪を剃りこぼつことは、生のあらゆる可能性を封じられるように思えた。

死物狂いに反抗もせず、命に従ったのは、きょうだいたちの成り行きを知っていたからであった。

万寿は、長い髪を手に巻き、さらさらとこぼし、くしけずり、一夜、いとおしんだ。

そのとき、ほとんど初めて、わたしは、生きている、と感じた。

髪が、いとおしい。死人であれば、髪への執着などもたぬであろ。

剃り零《こぼ》したとき、身は、女ではのうなるのか。

何の。と、微笑する乙女を、このとき、万寿は、くっきりと感じた。

色をおしえて進ぜましょう。乙女の声。

知恩院の尼御前は、色売って生計をたてておったわなあ。万寿も思いだし、兄は、いろいろなものをみせてくれたことだ、と思った。

得度は、四月、父蓮如が移住している河内の出口御坊で行われることになり、万寿は坊からの迎えのものに連れられ、小川殿を出た。

義尚も帝も、強いて引き止めはしなかった。富子に抗うほどの力はもたぬ淡い恋情であったのだろう。

出口御坊は、淀川沿いの南岸、伏見と大阪のあいだにある。摩耶、金剛、生駒の山なみを遠くのぞむ。同じ河内の、枚方《ひらかた》の坊には、同母の兄、年も一つしかちがわぬ実如がいる。実如は蓮如から留守職を譲られたといっても未だ何の実権ももたない。義尚のように、名目のみの頭領であった。

御坊に、父は不在であった。摂津、大和、和泉と、布教の旅に出ていたのである。

父の三番目の妻、如勝は、顔色が悪かった。しばしば腹痛をおこすと言い、尾籠なことでございますが、下り腹が多くてと、はにかんだように笑顔をみせた。

坊の庭は、樹木が多かった。小川殿のように整然とつくられた庭園ではない。雑木、雑草が生い茂るにまかせたというふうだ。山桜やら連翹《れんぎょう》やら木瓜《ぼけ》やら、花々が梢をかざり、その根本には野生の小花が散っていた。庭といっても、塀囲いはなく、裏の山につづいている。

「わたしは、木が好きで」

万寿とともに歩きながら、如勝は言った。

「木をみておりますと、己が身が、木とひとつになるように思えます。樹液となって幹をながれている心地がします。それはすがすがしく快《こころよ》うございます。わたしの前世は木であったのやもしれませぬ」

万寿が己を石と感じるのとはまるで違った澄んだ明るさを、如勝の言葉は、感じさせた。

「ここは沼地を埋め立てたところゆえ」

と、如勝はつづけた。

「土が肥えているのでございましょう。花がひときわ色鮮やかに咲きます」

「吉崎が火に逢うたとき、こなたさまは、無事でありましたか」

万寿は問うた。

如勝は両手をちょっと合わせ、笑顔でうなずいた。

そうして、眉をしかめた。急にさしこみがきたように見えた。

「お休みなされませ」

万寿は背に手を添えた。

「もったいない。そのような。もうなおりました。いっときのさし込みで、いつもじきになおります。まことにいくじのない」

「大事になされてくださいませ」

「おやさしい……」

他人に、やさしいと言われたのは、初めてだ、と万寿は思った。

吉崎御坊に火を放ったのはわたしだと明かしたら、悪鬼羅刹と呼び名が変わろうか。

「わたしは、どこの寺に遣られるのでございましょう」

「何もきいてはおりませぬが」

「こなたさまに、お願いがございます」

他人に、われから頼みごとをするのもめずらしいことだと思いながら、万寿は言った。

「できますことなら、何なりと」

「わたしは、庵を賜りたい。ひとりで棲みとうございます」

「そのようなことは、できますまい。禅宗の尼僧とはちがいます」

「ならば、父が帰るまで、ここにおかせてくださいませ」

「それはたやすいことでございましょう。いつまでも、お出でなさいませ」

おだやかに如勝は言い、痛みが走ったのか、眉根をよせた。すぐに笑顔になった。

出口御坊の留守をあずかる僧が、阿弥陀の画像の前で、万寿の髪を落とした。剃刀の感触が全身に走ったとき、もっとも強い屈辱感を、万寿はおぼえた。汚されてゆく。征服されてゆく。そう感じた。

乙女のようにやすやすと死に身をゆだねることができないのは、生命力が、意志を超えて強すぎるのか。生に喜びがないのと同様、死にも、歓喜はないと思うゆえか。

いや、生きているのは、たのしい。そう、万寿は気づいた。髪をうしなった肌に涼やかな空気がふれた。屈辱と怒りを感じる火種が、まだ、身のうちにある。

死ぬよりは、怒るほうが、楽しかろう。

髪など、と、乙女の声がした。

いくらでものびるものを。乙女の声は、笑いを含んでいた。

こなたに愉悦を教えて進ぜます。

布教の旅から父が帰ってきたのは、十日ほど後であった。くびれた顎に皺に土埃がたまっていた。

湯を浴び、くつろいでいる蓮如のもとに、門徒が早速伺候し、歓談が始まる。

日が落ちてから、ようやく、万寿は父とふたりだけで差し向かう機会を持った。

「お屋形を不首尾になったそうな」

と、父は尼の姿の万寿に目を投げ、

「この上は、み仏に専心お仕え申すように」

諭《さと》すように言った。

悪鬼にならお仕えましょう。でかかる毒舌を呑み、庵にひとり棲みたいと、万寿は願いを口にした。

父は難色を示した。

「お上人は」

と、万寿は言った。

「十七人、お子がある。四人は亡《の》うなったが」

　言いかけると、

「今年の末にはまたひとり増えるそうな」

　蓮如は、万寿には他愛なくみえる笑みをこぼして、そう言った。

「これまでは、子供らにも憂き目をみせたが、本願寺も、もはや、安泰じゃ。吉崎の繁盛をみたであろう。ここ、出口も、参詣の人々が賑わうようになった。わしのおるところ、必ず、人が慕いつどう。子らの寺は、仏法の砦となる。この坊も仮の住まい。やがて」

「お上人さま」

　万寿はさえぎった。

「如勝さまは、みごもっておられますのか」

「秋には生まれるそうな」

「そのお子も、本願寺の砦となされるか」

「頼もしいことじゃ」

「一人、お棄てなさいませ」

万寿は言った。

「わたくしは、お上人の砦にはならぬ」

驚いた目を、蓮如は娘に向けた。

反逆的な言葉を、子供の口からはじめて聞いたのであろう。

「吉崎の御坊を焼いたのは、わたしじゃ」

万寿は、投げつけた。

「くだらぬ冗談は言わぬものじゃ」

「何して冗談を言いましょう。わたしが、焼いた。火を放った」

「何ゆえ」

「気にいらなんだゆえ」

口をついたのは、駄々をこねるわやくとしか思われまい言葉であった。長い歳月のあいだに培われた憎悪である。理由をのべるなら、これまでの生をすべて語らねばならぬ。乙女の生をも、万寿は背負っていた。

蓮如は笑い捨てようとしたが、真実を万寿が語っているとわかって、表情が固くなった。

「こなたは、狂《たぶ》れておったか」

「わたしを狂人になさるか。狂れたものであれば、何をしようと、仕方ないか」

わたしを、どうなさる。万寿は言葉を強めた。

「わたしは、まこと、狂れたやもしれぬ。しかし、だれが狂れさせた」

「こなたばかりが、他のきょうだいにくらべて辛い思いをしたというのか？」

諄々と、蓮如は説き聞かせる口調になった。

「本願寺はな、貧しゅうあった。それゆえ、子らには、苦労をかけた。ことに、こなたらは、山門の焼き討ちやら堅田の大責めやら、危ない目にもあわせてしもうた。それを恨むか。しかし、苦労したはこなたばかりではない。他の子らにくらべ、いっときでも公方さまの側室として栄華の暮らしをしたこなたは」

万寿は、思わず床を手で叩いた。激情がとらせた行動であった。しかし、それ以上言いつのるのは、徒労と、万寿はさとった。

話はみごとなまでに食い違っていた。

「とにあれ、悪行をおかした万寿を寺におくことはなりませぬでしょう。万寿は、法体となりました。庵にお棄てなさいませ」

「こなたが放火などするわけがない。悪い夢でもみたのであろう。かまえて、他にもらすな。身の破滅ぞ」

最後の言葉に、父は力をこめた。

とうに、この身はほろんでおるものを。


この年、京の乱は、一応終結した。

畠山、土岐、大内らの軍が次々に陣に火を放ち、領国に引き上げた。

和睦には、富子が金銭を動かした。

北陸の本願寺派一揆は衰えず、朝廷は、加賀違乱を治めるよう蓮如に命じた。

出口御坊では、如勝が女子を出産した。

そのまま、如勝は床を離れられなくなった。

膨満した腹は、萎んだが、腹に、手で触れればだれにもわかるほど大きいしこりがあり激痛に如勝はのたうった。

山科に本願寺を建立することにきまり、翌年の新春から、蓮如は、その地に仮小屋を建て、住み込んで精力的に指図していた。

万寿は、出口に留めおかれていた。万寿の処置に蓮如は窮したらしい。死者もでた吉崎の大火が、蓮如の娘の所業と知れたら、大変な醜聞となる。秘めとおさねばならぬ。そのために多少万寿の言い分をとおしながら、目のとどかぬところに放逐するのも不安とあって、出口御坊におかれたのだった。

沼を埋め立てた出口は、低地で、大雨が降ると床まで水が上がった。そのたびに、乳母が赤子を抱き、如勝は男に背負われ、皆で避難せねばならなかった。

「山科に新しいお寺ができましたら」

と、門弟たちは如勝をなぐさめた。

「ご気分よくすごされましょう」

万寿は、痛みが少しでも減じるかと如勝の背をなでた。この人にだけはやさしくなれる自分が不思議だった。

火を放ち人を殺した自分が手をふれるのは、このひとにとって不浄となるのではないかと、少し恐れ、離れているときもあった。すると、如勝の使いが、お顔をみせてほしいと御内室さまのお頼みだと、部屋に呼びにきた。

如勝は、痛みをこらえるために、たえず念仏をとなえていたが、

「この痛みも、すべて、み仏におあずけせねばなりますまいの。痛みをとってくだされとお願いするのは、わたしの傲慢」

と言い、

「それでも、耐えがたいときはどうしても、お願いしてしまいます。わたしは信心がうすい」

笑顔をみせたりもした。

蟬の声がかしましい八月はじめ、如勝は、苦悶の極みを経て、死んだ。

蓮如が帰って来て葬儀が行われた。河内枚方坊から同母の兄、実如も参列した。

一つ違い、二十一の実如は、少し面長のおだやかな風貌になり、万寿はすぐには兄とわからなかった。実如のほうでもいくぶんまぶしげに、万寿を見た。

葬儀に万寿は列席せず、裏の山をひとり歩いた。

こころの虚《うろ》に蟬の声がふりつもった。

大津顕証寺で母を弔った記憶が重なり、閉じた円環のなかを歩いているような心地がした。

そのときわたしは十二。二十歳の今と、何が変わったか。からだは義政によって一つの関を越えたのだけれど、華やぎやわらいだという感覚はおぼえない。

木の下道は腐った落葉が厚く積もり、足が沈む。

万寿が通りかかるのに男が気づかなかったのは、落葉が足音を消したせいだ。男は地に腰をおろしていた。山賤《やまがつ》か、粗末な布子一枚、ようやく気配をおぼえたとみえ、振り向いた。万寿はとおりすぎ、からだのなかに、これまでに知らない波立ちがあるのに驚いた。乙女の愛らしい微笑が顕《た》った。

六之章　今生《こんじょう》の光

一

山科本願寺の建立は、六年の歳月をかけて行われた。

着工して二年目の文明十二年、祖師親鸞の絵像を置く御影堂が完成した。

蓮如が逃げ歩くあいだ常に捧持していた絵像は、吉崎退去以後は、大津の顕証寺にとどめおかれてあった。顕証寺は、大津三井寺の庇護によってできた寺である。本願寺派の隆盛とともに、祖師の絵像のある顕証寺は繁盛し、三井寺もそのおかげで寺中、町屋ともに参詣客を集めている。御影が山科に移転することは、大津の盛衰にかかわるとして、大反対が起きた。そのため、堂が完成してから絵像がはこばれるまで三月もかかっている。顕証寺本堂には三井寺の大衆が集まり、絵像の移転を阻止したのである。

伝え聞いた万寿は、順如がかげで騒擾を煽っていると察した。

出口坊は、寺に昇格して光善寺となり順如が相続した。もっとも、ほとんど大津の顕証寺におり、河内にくることは少ない。

万寿があたえられた庵は、光善寺と庭続きの地にあった。妙宗という法名を、万寿は他人の名のように感じる。その庵に住むことは、父につながる糸を残しておくことだ。物乞いの群れに身を投じる覚悟があれば、糸は断ち切れないものではないと承知だ。

万寿の暮らしも、門徒の本願寺への志納金で賄われるのだから、父の翼のかげにいることになる。父にそむきながらその恩恵を受けることを潔癖に拒絶もせず、懶惰《らんだ》に万寿は無為の日をすごす。

蓮如は他に、摂津富田に教行寺、堺に信証寺、さらに紀伊にも一寺を建てるなど、近畿一帯に教線をひろげ、本願寺派は幕府も無視できぬ大勢力となり、その年十月には、富子が山科を来訪している。

阿弥陀堂の建立にかかった文明十三年、蓮如は、四人目の妻を娶った。

この年、越中砺波の本願寺門徒は、年貢未進、荘園侵犯を咎められ、領主石黒氏と天台宗医王山惣海寺の衆徒の連合軍に攻撃をかけられ、猛反撃に出た。

蓮如の次男、瑞泉寺蓮乗の檄により、五箇山、山田谷、般若野郷など所々から、門徒衆が結集した。加賀二俣本泉寺の門徒や果敢な湯湧谷衆もかけつけ、背後から敵を襲った。

腹背に敵を受け石黒勢は惨敗し、越中砺波郡一帯は、瑞泉寺の所領となった。本願寺は、寺領を持ったのである。

三年後、文明十六年、山科本願寺は諸堂ことごとく完成し、盛大な報恩講が行われた。

周囲に堀を造り土塁を築いた本願寺は、堅牢な城塞であった。

この年、順如は没した。

父に逆らおうとして、結局、順如は、なすところなく敗死した。そう、万寿には思えた。

その翌年、蓮如の四人目の妻は、本願寺の砦となるべき二人の子を残して、他界した。

加賀越中の本願寺門徒はいよいよ勢力を増しつつあった。

四人目の妻が死んだ翌年、七十二の蓮如は、二十二歳の娘を五番目の妻とした。蓮能という法名をさずけられた。能登の生まれである。多産系らしい、腰の太い娘であった。

兄がいれば、語りたいと万寿は思った。

砦をふやすために、子はいくらでもほしい。そのために、お上人は孫のような娘を妻にしたのであろうか、と。

順如が死んだ瑞泉寺は、門徒の蓮欣が継ぎ、万寿と同母の妹のひとりが、その妾となった。

万寿は二十八になっていた。

七十をすぎてなお、女を抱き子をつくる父の精の逞しさは、淫蕩な血となってわたしのなかにも流れているのだろうか。

そう万寿が思うのは、庵主となってから、しばしば男を呼び入れ、肌を娯しませているからである。

男を娯しむのは、わたしのなかにいる乙女だ。そう思っていたが、年経るにつれ、錯覚で自分をごまかしていると、思うようになった。万寿は、少女ではなくなっていた。乙女が顕つこともなくなった。しかし、女という実感もない。虚《うろ》が薄い皮膜でようやく人の形を保っているようなもの。男はその皮膜に触れるのみだ。

北陸は、本願寺門徒の一揆がますますひろがり、荘園横領支配を守護とあらそっていたが、万寿が二十九となった長享元年、ついに、大規模な合戦となった。

その年、蓮如の五番目の妻、蓮能は、女児を出産した。

赤子と乳母とともに、河内の一家衆の坊にあずけられた。早世した三番目の妻の子、四番目の妻の二人の子は、幼くして母と死別し、一家衆にあずけられている。蓮能の子も同様に外に出すことにしたのは、蓮如の意志であった。

一月か二月に一度、蓮能は子供に会いに河内に来た。そのとき、万寿の庵に立

であった。

破戒尼として世評の悪い万寿に、若い蓮能は親しみとくつろぎをおぼえるよう

父の妻なのだから、本来は義母である。しかし、六つ年下の蓮能を母とは呼べない。色白で太り肉の蓮能に、万寿は、いささかうっとうしさを感じるが、来訪は退屈しのぎにはなった。

乳がはって、と、蓮能はよくこぼし、衣の脇から手をいれて、乳房をもみほぐす。あふれた乳を吸い取らせるために手拭いを胸にあてている。

「手もとでお育てになればよい」

「乳をのませていると、いつまでも、次の子ができませぬそうな」

「お子がほしいか」

「ほしがっておられるのは、お上人さま」

「まだ、精がつきぬか。お上人は」

蓮能の胸元にただよう乳のにおいから万寿は顔そらせ、七十三という父の年をかぞえた。初めの妻の子たちをそれぞれ所縁の寺にあずけたのは、貧しさゆえの

やむを得ぬ方便であった。はからずも、それが、北陸に勢力をひろげるのにこの上ない強力な布陣となった。子が増えれば、拠点も増える。老いた父は、子をつくることに妄執ともいえる狂的ともいえる熱意をもってしまったのではないか。女を抱かずにはいられない強い精を、教線をひろげる武器の生産に利用している。

わたしを、亡兄順如は、護ってくれた。そう、万寿は思った。万寿の父に対する不信、憎悪、それが鈍らずに保たれたのは、兄のおかげだ。兄がいなければ、父の力がもっと直接的にわが身におよんだのかもしれない。本願寺を復興し、門徒をふやすためには、平然と、子も武器とする父である。

翌長享二年、北陸の一揆は、守護富樫政親を攻め滅ぼし、政親の大伯父富樫泰親を守護にすえた。御しやすい泰親を、一揆軍は、名目上の総大将にしていたのである。

政親を支持していた将軍義尚は、蓮如に、加賀門徒総破門を命じた。

加賀一円を本願寺領にする計画が破綻をきたす。蓮如は、一揆の指導者的立場にある息子たちを呼び集め、善後策を講じた。最善の策として、管領職、細川政元に援助をもとめた。政元は、前管領、細川勝元の嫡男であり、父以上の辣腕家である。政元の口添えにより、総破門はまぬかれ、これまでに手にいれた所領は安堵となった。

翌年義尚は没したので、本願寺の加賀支配は、いっそう決定的となった。義尚の死は、淡い波を万寿のこころにたてた。たてつづけに、次の年、義政も没した。

さらに翌年、蓮如はふたたび実如に本願寺住持職の譲り状を発した。実如が十一のときに一度譲り状はあたえてあるのだが、そのとき実如はあまりに若年であり、形式のみであった。三十三の壮年となった実如に重い職をゆずり、蓮如は隠居した。

蓮能は男児を産んだ。蓮如にとっては二十二人目の子である。あずけ先は、蓮能の希望がいれられ、出口の光善寺に、幼い子が連れて来られた。

はじめ、万寿は、皺だらけの赤い顔をゆがめなきわめく赤ん坊に興味はもたなかったのだが、丸一年の誕生をすぎるころから、赤ん坊は愛くるしくなった。万寿は光善寺にいりびたり、相手をした。赤子が珍しいわけではない。母はたえまなく子を産み、万寿が少女のころ、赤子の泣き声がたえたことはなかったほどだ。

しかし、三十を過ぎた目に、幼児の仕草は、愛らしく映った。

そのころ、蓮能はふたたびみごもっていた。

生母のように、産み疲れて倒れるのではないか。母の後に、二人、倒れている。如勝はおそらく、身籠もる前から病んでいた。父は、容赦しなかった。

大衆の前ではたいそう柔和な顔を見せる父である。それゆえ、人々は、下賤のものにも腰が低くやさしい御方と恐懼する。食器ひとつにしても、一家衆と下輩を厳然と区別する父を知るのは、側近のものばかりだ。平の坊主の前に一家衆用の椀がだされたとき、父は血相をかえ、ありあわせの火吹き竹で椀を叩き割ったという。説く言葉と行いのあいだにどれほどの亀裂があるか、知る人は多くはない。

蓮能の身を万寿は案じたが、蓮能は蓮如の衰えに満ち足りぬ思いをしている口吻をもらした。

翌年生まれた男児は、加賀本泉寺に遣られた。

二

大水が、ようやくひいた。

庵の前の水溜まりに映る空は、鉛色に変色している。狭い空き地を残して、その先に林がつづく。右手の植え込みのむこうに本堂の屋根がのぞまれる。

竿に干した水浸しの僧衣のはしを、泥まみれの小さい手がつかみ、蔭から顔がのぞいた。

光善寺にあずけられている、蓮能の嫡子、四歳になる亀松丸である。

亀松丸は、万寿の顔色をうかがっている。無防備になつかないのは、万寿にいくらか恐れをおぼえるためらしい。きびしく叱ったこともないし、意地の悪い仕打ちもしたおぼえはないが、

――もしかしたら、子供の触覚で、わたしの中にひそむ冷淡さを感じとってい

るのかもしれない。遠い記憶だが、ついこのあいだのような気もする放火。死者たち。それらを、からだの外にほうりだしていたつもりだったが、子供は敏感に、いぶる煙のにおい、死者のにおいを嗅ぎとるのだろうか。しかし、火を放ち、人を死なせたことをいうなら、蓮如をはじめ、門徒、坊主のだれもが、わたしと同じことではないか。

この身が石であることを責めるのか。我知らず強い目になったのか、亀松丸は、少し脅えたように吊るした僧衣のかげに顔をかくした。足ばかりがのぞいている。白い衣に亀松丸の手の痕が残った。

こちへ来や、と声をかけようかと思ったとき、近在のものではない男が林の奥から近づいてきた。亀松丸は、万寿のほうに走り寄った。

垢じみた布子をまとった下人の身なりである。

「こなたさまが妙宗尼さまか。つまり……万寿さまか」

顔よりも声におぼえがあった。

「乙女の……。春王というたな」

「本願寺のご繁昌を聞き」

春王は若々しいしなやかさを失い、いくぶん鈍重な感じをあたえた。

万寿は亀松丸に植え込みの向こうを指して、

「あちらにお行き」

と、うながした。

「あのお子は？　まさか、万寿さまの？」

「いや」

万寿があがれと言わないので、春王は地にしゃがみこんだ。

以前の奇妙な感覚——乙女との一体感——がよみがえるのではないかと、万寿は思った。万寿のなかの乙女が、春王を恋しがるのではないか。

乙女がいれば感じるであろう懐かしさはおこらず、乙女は死んだのだ、無なのだ、と、万寿はあらためて感じた。狂った錯覚がよみがえらないのを、万寿は少し惜しんだ。あの感覚があるあいだは、乙女は、万寿にとって死人ではなかった。

万寿の方から春王を褥に誘ったのは、乙女を呼び戻したいと思ったからだ。認めたくはなかったが、からだが男をもとめてもいた。共生の感覚はかえらなかった。

一度みたされたあとは、男のにおいもうとましくなる。

「去《い》ね」

銭の包みをわたして、言った。

「ここにおいてはくれないのか」

万寿はわずかに、しかし、きっぱり首をふる。

「おれが居座るといったら、どうする」

「わたしが去のう。ここに未練はない」

「下人でよい、おいてくれ」

「みじめなことを言うな」

「いっこう、みじめではない」

「うるさくつきまとうなら、殺す」

「そのほそい腕で、おれを殺せるつもりか」

「酒にしびれ薬をいれ、寝入ったところを首をしめよう」

「尼さまが人殺ししてなるものか。殺せば、ただはすまぬ。こなたさまも死罪になろう」

「われに居座られるを耐えるより、死罪の方がましじゃ」

冗談口ではないと春王はさとったようだ。

「退散しよう。おまえの腕へしおるくらいはたやすいが、後の咎めが厄介だ」

そうして捨てぜりふをつけくわえた。

「乙女も気の強い女子であった。腹違いとはいえ、姉妹の血はあらそえぬものだ」

「乙女は、血のかかわりはない」

「湖賊の女にな、お上人さまが生ませた子だ、乙女は」

「まことか」

「乙女がそうおれに教えた。そうだ。言いふらしてやろうかの。それとも、口止めに、おれをここに住まわせるか」

「言いたければ言うがよい。わたしはかまわぬ」

「本願寺さまが困ろうが」

「わたしの知ったことではない」

春王は、懐の金包みをたしかめなおし、去った。

みごもったと万寿が知ったのは、三月ほど後であった。気分のすぐれぬ日がつづき、実如のように腹にしこりができたのだろうかと思っているとき、蓮能が立ち寄り、懐妊とみぬいたのであった。

それまで男とからだをかわしたことはたびたびあるのに、一度も子は宿らなかった。乙女の意志か。そう思った。

心寄せてもおらぬ男の子を宿すくらいなら、乙女、そなたとの子をみごもりたい。不可能なことを思い、万寿は苦笑した。

「困ったことになりましたねえ」

眉をひそめる蓮能に、わたしは少しも困らぬ、と万寿は言った。

「生まれたら、育てるまで」

「父のない子をこなたさまが生むことは許されませんでしょう」

「だれが許さぬ？　お上人さまか」

万寿は、嗤った。

「こうなさいませ」

蓮能は膝をすすめた。

「お上人さまとわたくしの子といたしましょう。お上人さまは、お子はいくらでも欲しい」

とんでもないこと、と、万寿は笑い捨てようとした。

そのとき、万寿は、愕然と気づいた。父を憎み厭いながら、この光善寺の庵に腰を据えている自分の気持ちの底にあるものが明瞭になったのである。

あまりに憎いから、離れられなかったのだ。憎悪は執着と裏表であった。

毒を持った刺のように、父に食い入っていたい。

崇められ讃えられる父が、その裏にひそめている醜い己を見る鏡として、傍らにあるのが、わたしだ。

もっとも、父はわたしを厄介な不孝者とみなしているだけだけれど。

蓮能の申し出にこころが動いたのは、蓮如の子という身分をあたえられれば、子は暮らしに不自由はすまい、と思ったゆえでもあった。

本願寺は、もはや、ゆるぎない土台を築き上げた。生まれる子が成人するころは、ますます強固になっているだろう。

万寿自身は、本願寺の毒虫でありつづけるつもりだが、子に辛い生を与えたくはなかった。子だけは安楽なところにそっとおきたい。

わたしの子が、父の子に……。青菜に毒芹をまぜるような皮肉をおぼえ、それがこころよくもある。

順如が父を助けながら一方で壊滅を願っていたその心情に、いま、万寿は共感できた。

「だれにも知れぬようにすることはむずかしゅうございますけれど、お上人さまを巻き込めれば、表沙汰にせず、うまくできると思います」

わたしがからだのぐあいが悪く保養に行くことにいたします。そう、蓮能は言った。

「こなたさまも、口実をつくり、庵をお出になられませ。そうして、ひそかに、わたくしの潜みますところにお越しなさいませ。身二つになられたら、わたくしが、お子を連れて帰ります。こなたさまも、ころをみはからって帰っておいでなさいませ。わたしも、お上人さまと夜をともにしないですみます」

おそらくだれにも告げたことはないであろう言葉を、蓮能は、笑顔でささやいた。

「お弱くなっておられるのに、困ってしまいます」

短い言葉のかげに、夜の、蓮能にとっては苦行のような営みのさまが仄見えた。

万寿は、はじめて、父に哀れみをおぼえた。

出口より七、八里南に下った里に、蓮能は万寿を案内した。父から前もって命じてあり、二人はそこに隠れ住んで、万寿の出産を待った。

正月も、隠れ里でむかえた。

桃の花が盛りのころ、万寿は強い痛みを腹に感じた。三人の子を産んでいる蓮能は、よく心得ており、婢女を指図して、準備をととのえさせた。痛みの波の間隔がせばまるころ、大釜に湯がたぎりたった。腰の骨を鬼が両手でねじり撓《たわ》めてでもいるかのような痛みにおそわれた。

梁から垂らした綱にすがり、全身をしぼる痛みに声をあげながら、産むとは、羞恥もたしなみも、消失させることだ、と、万寿は思った。ひろげた下肢を蓮能や婢女の目にさらし、吠え声をあげる。腹のなかの塊がわずかずつ下に移動してゆく。暗い腹の中を、外の光にむかって、ねじりだされ、しぼりだされる子も、さぞや苦しいことであろ。死ぬときは、彼方の光——か闇か知らね——にむかって、いのちがしぼりだされてゆくのであろうか。

激痛のあいまに、茫となった目を、万寿は外の樹々にあずける。やわらかい緑と桃の花霞が視野を満たした。

木をみておりますと……そう言ったのは、如勝だった。己が身が、木とひとつになるように思えます。樹液となって幹をながれている心地がします。それはすがすがしく心地ようございます。わたしの前世は木であったのやもしれませぬ。

天にみなぎる光と地下にながれる力が、樹液に溶けいり、樹とわたしがどこかで一つに通じているのなら、その力はわたしの体内をながれて、子に注がれてゆく。

そんな感じを持った次の瞬間、子は逆浪の渦が海峡を押しわけるように、万寿を貫き陽のなかにあらわれた。男子であった。

三

蓮如が八十五歳で没したのは、それから六年後である。その六年のあいだに、蓮能はさらに男児二人、女児一人を生した。蓮如の二十七人目の子にあたる末子は、蓮如が老衰で没する前年に生まれている。

「お子の数が増えることが妄執のようになっておられましたから」と、蓮能は、他の男と交情をもち懐妊したことを、万寿には、ほのめかした。しかし、それ以上あきらかには言わなかった。万寿も強いてたしかめようとも思わなかった。父にとって、子は、何なのか。如勝の残したただひとりの娘は、勝林坊勝恵の妾となった。四番目の妻が残した娘は、ついさきごろ、超勝寺蓮超の妾にむかえられている。ひとりひとりの顔すら、父はおぼえていなかったであろう。

蓮能は十五年のあいだに六人――表向きは七人――の子を生したが、先の妻たちのように蓮如の精に負けはせず、健やかであった。

蓮如の二十四番目の子、蓮能にとっては四番目の子、と表向きされた万寿の息子は、蓮能の尽力で、光善寺にあずけられた。子は生まれればすぐに一家衆の寺や坊にあずける蓮如の習わしは、この際つごうがよかった。

世の常の母親のありようを万寿は知らず、子とのあいだに少し距離をおいて、眺めていることが多かった。万寿が何も言わずとも、あれこれ、教えたり諭したりするものは、光善寺のものたちやら、周囲の宿坊のものやら、大勢いた。

子とのあいだの淵に流れるのは、冷酷な激流ではなかった。こころよい仄かなぬくもりがただよっていた。

万寿は、無口な母親であった。子が泣いてとりすがるとき、黙って内懐に抱いていた。

子は、子の生を歩むほかはない。そんなとき、万寿は、樹々の葉をかがやかし、幹のうちにながれいった光を思った。

万寿の周囲、ほんのわずかな空間では、おだやかに日はすぎた。しかし、世は、戦国に移りつつあった。

義尚の死後、義政の弟義視の子・義材が、畠山政長に擁立され十代将軍を継いだが、管領細川政元は武力で義材を追放し、義視の甥、義澄を十一代将軍に就かせた。

蓮如のあとを継いで本願寺法主となった実如は、細川政元と誼《よしみ》を深め、将軍家、管領家との絆は強まった。

万寿の子は、十二歳になったとき、光善寺で得度し、実順の法名を持った。

四

床几に腰かけた実順は、法衣の上に、ものものしい緋縅の鎧をつけさせられ、その重さに肌がすりむけたようで、半泣きになるのをこらえている。

光善寺の周囲は、急ごしらえの逆茂木がめぐらされ、弓矢をかまえた門徒衆が陰にひそむ。

女たちは庫裏にこもり、炊き出しにはげむ。

摂津河内の門徒は、本願寺法主実如の命にさからい、反乱を起こしたのである。

越中に亡命した前将軍義材は、挙兵して上洛をめざし、所々で激戦が起こっていた。それに便乗し、細川政元に叛旗を掲げるものが数をました。

政元は、実如に、坊主門徒の出陣を命じた。本願寺派門徒は、いまや、強大な戦闘力を持った集団である。実如は政元にさからえず、承諾した。

しかし、摂津河内の門徒は、実如の下知に反対し、合戦に加わることを拒否した。

政治闘争に介入すべきではないというのが表向きの理由だが、門徒間の勢力争いがからんでいる。

これを機会に、実如を排し、十七歳の実賢を本願寺法主に擁立しようというのが、摂津河内の門徒の肚であった。実賢は、亀松丸が得度しての法名である。大坂坊と堺坊の住持をかねている。年若い実賢なら、傀儡として思うままにあやつれる。本願寺支配の実権を奪うことが可能である。

光善寺の門徒は、ただちに、実賢を首魁にたてる叛乱派に加担した。

十三歳の実順は、光善寺軍の大将にすえられたのである。

庫裏で、炊き出しをする女たちにまじり、兵糧をつくりながら、何もわからぬまま叛乱の頭目とさせられた実順を思い、万寿は、うすく涙がにじみかけた。子に生をあたえてしまったことが、すでに、子への悪か。

大坂坊では戦闘がはじまっている。

同じ蓮能の子でも、実賢のすぐ下の実悟は、越中二俣本泉寺にあずけられているため、いくさとはかかわらないですんでいる。

喊声が近くなった。

弓弦の鳴る音を聞いた。怒号がひびいた。

五

「わたくしをも、牢籠になされ」

実如に目をすえ、万寿は言った。

山門の襲撃、堅田の大責めと、もっとも荒々しい幼時をともにした一つ違いの同母の兄は、一大王国となった本願寺の最頂点にたつ。王国を護るために、門徒に武闘を下知した兄だが、粗暴な性格ではなかった。父の説いた仏法を素直に信じ、父に従ってきた。

叛乱は、あっけなく鎮圧され、実賢、実順、そうして、蓮能も、叛乱の責任者として、牢籠処分をうけた。万寿に咎めはなかったが、万寿は自らのぞんで、兄に対面した。

「こなたを牢籠にするいわれはない」

実如の声はくぐもって低い。

「実順は、わたくしの子。お上人さまの子ではない」

万寿は言い放った。

実如は眉根をよせた。肉がもりあがり、父とおもざしが似かよった。

「錯乱したか」

万寿は微笑した。狂い生きよ、と言った順如の声を耳の底に聴いた。

「声高に申しましょうか。実順は、わたくしと、乙女の夫のあいだの子」

乙女？　実如は聞き返した。記憶に残っていないようであった。

といたというのか」
「こなたの乱行は聞いてはいたが。おのが淫行の子を、お上人の子とたばかった
実如は信じがたいというふうに首をふり、こなたは錯乱しておる、と言った。
「たわけたことを言いふらされては迷惑ゆえ、望みにまかせて牢籠にしよう」
父から渡された巨大な重荷は、実如から表情を奪った。こころの動きはめった
に顔に出せない地位に、実如は置かれつづけてきた。

牢の中は静かだ。太い格子越しに、庭の緑がのぞめる。

並んだ三つの部屋の境は、襖が取り払われ、厚い板壁で仕切られた。右隣に蓮能、左に実賢と実順が入牢させられている。山科に近い坊舎の座敷に格子をたてた牢であった。

莫蓙を敷いた床に、格子が影を落としている。

庭に目をあずけ、牢にいるわたしも、山科の実如も、居場所に格別なちがいはない……そう、万寿は思う。この世が、そもそも、ひとつの牢獄なのだから。

壁越しに、少年の話し声がとどく。笑い声もまじる。実賢と実順、叛乱軍の飾り物の大将たちが、何か楽しいことでもみつけたのか、澄んだ笑い声をたてる。雲にとざされた空に、切れ間から陽がさしこんだような瞬間があるものなのだ。その瞬間のなかに永遠に在れば、

――生きていようと死んでいようと、何もかわりはありはしない。

そう思ったとき、庭に、乙女が佇んでいた。堅田で会った少女の姿であった。

万寿はゆるやかに首を振り、

わたしは、そこには帰れない。

火を放った後、こなたは死に、わたしは生きのびた。あのとき、わたしは、半ば壊れたのであろ。壊れたのは、年相応に老成してゆく部分なのかもしれない。

――壊れても、生かされているあいだは……。

生かされている、と浮かんだ言葉に、万寿は少し驚いた。

光にみちた庭の、その光のなかに、自分を生かしているものが在る、と感じた。

この世はひとつの牢獄ではあるけれど、この光のなかに、生も死も、あるの

だ。

次の瞬間、闇のなかにいる己に気づこうとも、その闇も、光のなかにある凝《こ》りにすぎないのだろう。わたしには何も視えないけれど、わが身を光にゆだねよう、そう思ったとき、強烈な恍惚感が全身をつつんだ。その感覚は、すぐに消えたが、余波は残った。

草むらに舞う蝶が光の砕片のように鱗粉を散らす。

生命が庭にもえさかっていた。死を包むゆえに、いっそう盛んにゆらめき燃えた。

目を閉じると、膝の上で笑う赤子がみえた。

壁越しに、少年たちの笑い声がとどいた。

格子の戸が空き、婢女が食事をさしいれた。

頰の赤い婢女は、

「たいそうな一揆が、はじまりましたそうな」

と、少し昂った声で告げた。

「法主さまの御下知のもと、大和、河内、丹後、越中、加賀、能登、三河、美濃、所々の門徒衆がいっせいに、法敵にむかい、具足懸けして立ち向かわれましたそうな」

万寿は庭に目を放った。先程の異様な法悦感は消え、庭は、ただの庭にすぎなかった。

また、戻ってくるだろう、一度あたえられた感覚は。待とう。

そのときを予感させるように、蝶が目のはしを掠め、消えた。


蓮如の第九子、法名妙宗について、本願寺系譜は、次のように記している。

天文六年七月一日、於能州府中卒、七十九、依錯乱。慈照院殿（義政）妾、号左京大夫、法名妙宗。

万寿は、待った。そうして、老死の前に、もういちど、生と死の溶けあう光を視た。錯乱と、人は呼ぶ。

初刊本あとがき

大人は、子供にとっての宿命だ、と、強く実感せずにはいられないのは、戦争を経てきているためかもしれません。どういう時代に生まれたか。どういう親の子に生まれたか。周囲にどういう大人がいたか。それによって決定される部分は、子供の生の大半をしめると思えます。

乱世を生きざるを得なかった少女に視点をおいて、この物語は紡がれました。大人の傀儡であることを拒否し、時代に流されることを潔癖に拒む少女に、蓮如の娘という枷を嵌めました。

真宗王国を築き、一種の傑物とされる蓮如は、八十五歳で没するまでに、五人の妻をもち、二十七人の子をつくっています。

そのなかのひとりは、将軍足利義政の妾になったと、記録にあります。

物語の主人公に、私は、この少女を、選びとりました。

宿命の酷さのなかで、魂の深みを見つめる目を、少女は知ってゆくのではないか。そう思ったのです。

これからも、おそらく、〝少女〟は、私の主題でありつづけることでしょう。

読売新聞社出版局図書編集部の大野周子さんは、ほとんど毎月一度訪れて、闊達な笑顔で、非力な書き手をはげましてくださいました。心よりお礼申し上げます。

一九九〇年十一月

皆川博子

巻末エッセイ　大人は、子供にとっての宿命である

どういう時代に生まれたかということは、子供にとって、避けられない宿命となる。〈時代〉――堅苦しくいいかえれば、そのときの社会情勢――は、大人たちによって、つくられる。〈家〉の状況もまた、子供の意思を越えて、大人の事情でつくられる。どんな親の子として生まれるか、それも、子供には選択できない。生まれつきの性格、それも、子供が選び取ったものではない。

あらかじめ与えられたカードは、ときに苛酷にすぎ、ときに不条理であったりする。

戦争という、決定的な状況があった。さらに、『神政復古』などという奇妙な思想の持主の子に生まれてしまったのが、私で、その束縛を断ち切るだけで、人生の前半が終わった。

父親のほうは、いたって楽天的で、（九十を過ぎた今でも、そうだ）子供たちにどんな精神的苦痛をあたえたか、まったく気づかず、我がなすことは、すべてよし、の念はゆらぐことがない。

父との、なつかしい記憶も、いくつかはある。しかし、どうしても許せないことの比重の方が大きすぎる。

父親がなにを信じようと、勝手だが、子供も、彼の信念の中で生きることを強制された。卑弥呼の時代のようなシャーマニズムを、国家の理想と考えていたのだ、私の父親は。敗戦後、その信念はいっそう強固になり、たまたま知り合った霊媒をわが家に招き、交霊会をひらいて、ご託宣を受けるようになった。五十年近くたった今になっても、そのころのことを思い出すと、腹が煮える。交霊会のありさまといい、その後の、宗教集団としての活動といい、いま思えば、笑っちゃうようなことばかりなのだが、当時の力関係の差は、どうしようもなかった。己の言動は正しいという信念に燃え立った無邪気な父親への一方的な闘いが、私の、物語を書く原動力になっている。

素面では書きたくないから、物語に託してきた。『乱世玉響《らんせいたまゆら》』は、父にたいする私の憤りを、もっとも直截に書いた物語の一つである。
ところが、出版社に追加注文がきたとき、電話から電話へととりつぐあいだに、タイトルは聞き違えられ、「DANSEI　TAMAYURE」となっていたそうだ。作者としては、力なく笑うしかなかった。

「IN★POCKET」1995年10月号　講談社

『乱世玉響　――蓮如と女たち――』覚え書き

初刊本　読売新聞社　平成3年1月　※書下し長篇

再刊本　講談社文庫　平成7年10月

埼玉福祉会（大活字本シリーズ）　平成9年10月　※上・下二分冊

（編集　日下三蔵）

春　陽　文　庫

乱世玉響《らんせいたまゆら》
―蓮如と女たち―

2025年2月25日　初版第1刷　発行

著者　皆川博子
発行者　伊藤良則
発行所　株式会社春陽堂書店
〒一〇四―〇〇六一
東京都中央区銀座三―一〇―九
ＫＥＣ銀座ビル
電話〇三（六二六四）〇八五五（代）
印刷・製本　中央精版印刷株式会社

定価はカバーに明記してあります。

ISBN978-4-394-90501-1 C0193